ミルクココアの家

今野奈津子
Konno Natsuko

編集工房ノア

「ミルクココアの家」　目次

ジャック　アンド　ベティ　7
ピカソの女　47
あいつ　73
金魚　85
黒電話のある部屋　105

卓球をする　127
ペーターさんの手紙　169
三一五号室の十三夜　209
ミルクココアの家　297
あとがき　340

装幀　森本良成

ジャック　アンド　ベティ

中学生になって一番驚いたのは、英語。そのテキストの、表紙だった。白いワイシャツにネクタイをしてベージュの小さな格子柄の上着を着たジャックと、白いブラウスに白地に赤と紺の大きな格子柄が斜に入ったスカートを穿くベティが校舎を背に、笑顔で向き合っている。履いているのは、革靴。これが同じ中学生かと目を見張った。

和子の学校では、ジャックのように髪を七、三に分けている男子はいない。丸坊主で黒い学生服、胸に五つの金ボタンが並ぶ。女子は白いブラウスに紺色のジャンパースカート。革靴など社長や医者の子供だけが履く。普通は布製の運動靴である。金髪のベティはパーマネントをかけているのかウエーブがかかっている。和子には考えられないことである。学校には制服がなくて、私服で行くと後から知ったのだが、あまりの華やかな服装に釘付けになった。アメリカはなんと豊かで自由な国かと一人舞い上がっていた。

三年前、昭和二十七年にはサンフランシスコ平和条約・日米安全保障条約が調印発効され、日本は戦後約七年経って主権国家として独立を果たしていた。ラジオからは、美空ひばりの「リンゴ追分」や、母が夢中になった連続ドラマ「君の名は」が流れていた。物不足は続き、主食の米も配給であった。ゴム長靴は汽車に乗って大きな街まで行かないと買えなかったので、和子は雨の日には下駄を履いて学校に行った。赤い鼻緒が濡れて、足に二本の太い線ができた。毛糸のセーターも新品のときはいいが、洗うと長く伸びてしまう偽物が横行していた。

小学四年生になっていた和子は、家業の牛乳屋で配達を始めた。子供用の自転車がなかったので、袋に牛乳を詰めて歩いて配った。

六歳年下の妹、敏江は和子と違い二重まぶたでパッチリ目、髪も和子と正反対で、クルクルと頭の上で踊っている天然パーマ。ラジオの人気番組、ＮＨＫの「三つの歌」が気に入ったようで、銭湯に行くと「みっちゅのうたうたいます」と言って回らぬ舌で童謡や流行り歌を意味もわからず歌い、喝采を浴びていた。無邪気に歌っている敏江を見て、この物怖じしない妹は、将来はっきりものを言い、行動する子になる。和子の良き話し相手になってくれると、ひそかに期待するのだった。

家では敏江だけが楽しそうに遊んでいたが、母も和子も「地震、雷、火事、親父」と当時怖いものを示す言葉の通り、怖い父親に悩まされていた。もっと正確に言うと、父親がトップに来て、地震、雷、火事と続く。というか、地震を起こす父親、雷を落とす父親である。まさか火事はないだろうと思っていたら、寝たばこでボヤを起こしたので、火事を起こす父親になった。父は当時よく耳にしていた「スパルタ教育」という言葉を使って、子供の成長のためにあえて子供に厳しく鍛錬を課しているのだと言っていた。父に口答えすると、雷が落ち、手が出る足が出る。そこらにあるものを手当たり次第投げてきた。

妹が生まれたとき、父は「男が生まれたら名前を考えるが女の名前は思いつかない。男は頼りになる。跡取りになる。女は結婚して家を出て行ってしまう」と言った。それならと、和子が妹の名前は考えると決めて、母の名前、美江から一字貰って敏江と名付けた。母は「いい名前ね。きっと機敏に働いて、和子を助けてくれるわ」と喜んでくれた。

母は働き者である。父の顔を窺いながらも、自分の考えを変えることはない、へこたれない人で、それでも訳のわからないことを父が言うと、母は黙りの策を使って、父を閉口させた。

兄がいたこと、幼くして栄養失調で亡くなったことは、きまって父が家にいないときなのだが、二階の踊り場にある小さな仏壇に話しかけている母から知った。「ごめんね、ひもじかったよね。ごめんね、ひもじかったよね」と、母は何度も兄に謝っている。そして賢くて、色白で綺麗な子、泣いたりしない、おとなしい子と涙声になって誉める。父が「もう少し乳が出ていたら死なせずに済んだ」と事あるごとに残念そうな顔をして母に言っていたことは、母も仏壇の兄に話していたので、和子は何度も聞いている。

兄には生きていて欲しかった。和子は、本当にどうしたらいいか困っているので、相談できる兄が、欲しい。亡くなっても、いつも兄のことを思っていたら、いつかかならず会えると思っている。

母は兄と話して胸のつかえが取れるのか、下りて来たときはいい顔になっている。待ち受けていた和子は母の体に顔をこすりつけて、「いい匂い」と言うと、「汗の臭いよ。いい匂いなんて言ってくれるのは和子だけだよ」と笑っている。

母は嫁入りの着物も自分で縫ったほどの実力を生かして、明るいうちは牛乳配達、夜は着物を縫っている。

学校から雑巾を持ってくるようにと言われたとき、母の腕前を初めてまぢかに見ることができた。いつ寝ているのだろうと思うくらい遅くまで着物の内職をしているので、言いそびれて、朝、学校に行く間際に頼んだ。「なんで昨日言わないの。今からだと縫えないじゃないの」と厳しい顔をしたが、急いでそこにあったタオルを三つ折りにして、母は針に糸を通すと凄い速さで縫いだした。針を持った手が小刻みに動き、タオルが僅かに上下して、母の口は真一文字、目は針先を追っている。少し縫い進むと、縫い目が詰まって高く寄っているところをキュッと親指の爪で伸ばして平らにする。そしてまた続きを縫う。何度も何度も同じことを繰り返して、あっというまに雑巾はできた。

ミシンはまだ家にはなかったが、断然母の方が速い。売り物にしたらいいような見事な雑巾。「運針縫いはクラスで一番だったのよ」母は誇らしげな顔をして言った。これで廊下を拭いて、雑巾バケツの水で汚れるのかと思うと、辛かった。花瓶を置く敷物にしたかった。

父のことで頭にくると、和子は近所の豆腐屋の小母ちゃんのところに行くときもある。父に知られるとまずいので、他愛もない話をする。

「小母ちゃんのクルクル毛が羨ましい」

「なに言ってるのよ、雨の日はこの髪、ものすごく乱れて髪型が決まらなくて困ってるのよ。和子ちゃんみたいにまっすぐなのが羨ましいわ」

「本当？　今度生まれてくるときは小母ちゃんみたいな髪がいいと思っているのに」

「まだ小学生でしょ。今度生まれてくるのはずっと先の先になると思うよ。面白い子だね、和子ちゃんは。それに、今度人間に生まれるかどうかはわからないらしいよ。もし人間に生まれるなら、小母ちゃんは男に生まれたいわ。女は損ばかり、不自由だもの」

「私は男は絶対に嫌。猫に生まれ変わってもいいけど、飼い主が気にむらな性格だと、気分のいいときしか餌を食べさせてくれないでしょう。追い出されて、野良猫になるかもしれないもの。蝶になって、お花畑を飛び回りたいわ」

「和子ちゃんはいろいろ考えているんだね。偉いわ」小母ちゃんは笑っていた。

小母ちゃんと話すと、思い詰めていた自分がバカに思えて、いつのまにか体が軽くなる。


こういうところで、和子は中学生になった。ジャックとベティ、二人は明るくて素直だ。友達もたくさんいる。和子に足りないものをたくさん持っている。なにより父親を疎ましいとは思っていない。英語ができるようになったら、二人と友達になれるかもしれないから頑張りたい。

牛乳配達は、自転車ですることになった。川沿いに新しくできた四階建ての市営住宅まで坂道を上がるときは、サドルからお尻を上げて力いっぱいペダルを踏む。市営住宅は優しいクリーム色をしていた。晴れた日の朝は光り輝いている。周りの家は平屋か二階建てで、屋根も地味なものばかりの中で、鉄筋コンクリートの長方形をした建物は、日本とは思えなかった。ジャックとベティがいる気配がする。授業は速く進むのでなかなか付いて行けないが、配達のときなら、和子は自由に話しかけられる。

配達に出るとき、授業で習ったところの英語を紙に書いて持っていくことにした。自転車置き場にベティの姉のエミリが乗っているスクーターが見当たらないと、もう彼女は学校に行ったのだと思ってしまう。ジャックに弟がいること、ベティには教師と学生の二人の姉がいると教えてくれたので、和子には小学生になったばかりの妹の敏江がいることを紹介する。もう和子は一人で配達をしている気がしなくなった。

市営住宅のベランダには洗濯物や布団が干されているが、和子ならそこを客間にして、可愛らしいテーブルと椅子を置いて、ジャックとベティとお喋りをしたい。テーブルには牛乳を出す。テキストには「a cup of milk」と書いてあって驚いた。アメリカでは、コップに入れて飲むらしい。温めて飲むからかもしれない。和子は夏でも冬でも、温めたりはしない。牛乳ビンの紙の蓋を取って、ゴクゴクと一気に飲む。小学校の学校給食で出ていた脱脂粉乳より何倍も美味しい。

頭の中はジャックとベティでいっぱいでも、配達は急がなければならない。三つある入口の端から階段を上がって、金属のドアの横に置いてある木箱から空ビンを取り出し、持ってきた牛乳を入れる。お得意様のいる最上階まで配り終えると、下りるときは空ビンだけをもらって袋に入れる。

洗ってない空ビンはプーンと牛乳の腐った臭いがする。二本の空ビンを持ち上げるときは、親指と人差し指で。三本のときは、親指と人差し指と中指に力を入れて持ち上げる。臭いと一緒にぬるっとした感触がして、指先が滑るから、もう一度、指先に力を入れて、一気に持ち上げる。

洗っているビンは持ち上げようとすると、キュッと高い音がして指が止まり、スッと持ち上げられる。いい気分。思わず「Thank you. Good morning」と声が出る。

これは和子の密かな特技だが、「女の子の指が節くれだったら恥ずかしいよ」と会社勤めの従姉は言う。だから、「今度片手で牛乳ビン四本、一緒に持ち上げるのに挑戦しようと思ってる」とは言えなかった。

「女の子」は、お上品で、優雅であれ、で仕方がないのかもしれないが、人形ではないのだから、無視する。牛乳配達をする者にとって、華奢な指では仕事にならない。テキストの挿絵を見る限り、ジャックとベティの指では牛乳配達は難しい。牛乳屋の話がテキストのどこにも載っていないのが残念でならない。

三つの入口を上がったり下がったりを繰り返して配り終えると、次の棟に移動して配達を続ける。最上階に上がると、踊り場から穏やかに流れる川が見え、川岸には船が停まって、荷物が積まれている。渡し舟もすでに動いて、船頭が櫂を漕いで川向こうに勤めている人を乗せて、一日が始まろうとしている。

和子は配達を終えて坂を下る。自転車の荷台の箱は空ビンだけになっていて、互いにぶつかり合って甲高い音で賑やかなこと。空ビンさまのお通りだ！　とペダルを勢いよく踏んで、全速力で風を切る。前髪が舞い上がって、顔いっぱいに陽を受ける。

しかし遅刻しないように走って入った教室で最後まで授業を受けられるとは限らない。ときどきだが、母がやってきて、「お父さんが呼んでいるから」と言う。和子はテキストをたたみ、鞄を持って教室の後ろのドアから出ていく。

帰って父の用事を聞くと、「配達ノートを付けていない」とか、「変更はなかったか」とか、授業が終わってからでもいいようなことを、したり顔で聞いてくる。と、和子の脳天に血が昇り突き破って、天井を血で染めるかと思った。父はおかしい。父のやっていることは和子への嫌がらせ、いじめだ。それでも怒りが腹の底から突き上げてくる度に我慢、我慢と言い聞かせるが、どこからかものが壊れる甲高い音が聞こえてくる。授業にもう一度戻るには精も根も尽き果てる。

学校に行っている間に、和子の教科書が庭に投げ捨てられていたこともあった。それも昨日の雨で水たまりができているところに投げ入れていた。

なんでこういうことになるのかわからない。なぜこういうことが平気でできるのか。和子がなにか傷つけるようなことを言っただろうか。

できることなら、もう父とは関わりたくない。

「子供のまま大人になったのよ」と母は言う。

たしかに大の大人のやることとは思えない。餓鬼大将が駄々をこねて、俺が、俺がと自分を主張するばかりで、感情に任せてやりたい放題。暴力、暴言したい放題で、仲介に入る母に後は任せると、逃げる、甘える。やったことの責任は取らない。自分に異議を唱える者には容赦しない。

和子は虚しさと恐怖で体が凍り付く。しばらくして体が緩んで我に返る。やはり母の黙り作戦しかないのだろうか。

後日、父が言っていた言葉を母が教えてくれた。

「女の子で良かった。息子なら俺は殺されるところだった」

「寝顔を見ると可愛いと思う」

父は二度と酷いことをしないと反省しているのではない。反省できないのだ。子供だ。また同じ言葉の繰り返しだ。今まで何度も同じ言葉を母を通して、聞かされてきた。

「和子ちゃん、お父さん、病気じゃないの。病院に連れて行ったら」

父の兄妹は気安く和子に言ってくる。結婚する前でも、父は同じことを繰り返ししていたということだ。父の両親もどうしたらいいかわからなくて、結婚して新しい家庭を持てば環境も変わるから、子供ができればと期待したが、父は変わらなかった。やはりこれはもう病気だ。医者に頼るしかないと判断したが母には言い辛かったのだろう、和子に言ってくるのだ。

父を捕まえて、刑務所に入れてくれる警察官はいないだろうか。入院させて、凶暴なことをしなくなる注射を打ってくれる医者はいないだろうか。

母も、結婚してわかったことで、長い間一人で悩んでいたようだ。

「お父さんは今まで病院は行ったことがない人だよ。薬や注射では治せないよ。和子と二人でも手に負えないのに、赤の他人の第三者の医者が治せるとは思えない」

母も首を傾げて、答えが出ない。

和子の方から父と距離を取った方がいいのかもしれない。和子がこの家を出ていこう。となると、牛乳配達はどうなるのか。母の仕事が増えるから、できない。母を苦しめることだけはしてはならない。ならどうする。

「離婚してよ。学校を辞めて私が働くから」

「そんなことして皆が幸せになると思うの、和子は。この家を出てどうにかなると思っているの。小さくても家があるから、商売もできて、生活ができているのよ。和子や敏江も学校に行けるのよ。お母さんも二人がいるから頑張れるの。中学で終わりだなんて、とんでもないわ。跡取り息子を生むだけが、女の仕事ではないからね。これからの女性はなにか資格を取るとか、実力を身に付けておかないと生きてはいけないわよ。お母さんも大学まで行きたかったわよ。なんのために朝から晩まで働いていると思ってるの」

そして一息入れてから、和子に聞いた。

「和子は楽しいことなにかあるの。したいこととか、あるのかしら」

和子は父が血を流して死んでいる夢にうなされたり、体が金縛りになって、夜、目が覚めるようになっていた。楽しいことなんてあるわけないじゃない、と母に食ってかかりたかったが、穏やかな母の顔を見ていると、なにも言えなかった。

「お母さんはね、お習字を習いたいのよ。綺麗な字が書けたらどんなにいいかと思ってね。それから、ピアノも一度弾いてみたいのよ。ピアノの伴奏で、歌も歌いたいわ」

和子は母が過労で倒れるのではないかと心配をしていたのだが、まさかそんな楽しいでっかい夢を抱いているとは思ってもみなかった。


テキストに「can」が載っていた。「できる」という助動詞である。動詞の前にいて、動詞を助ける仕事をする。「Can you swim?」ジャックがベティに聞いている。「Yes, I can. Can you ride a bicycle? Yes, I can.」和子だって泳ぐことくらいできるし、自転車なら、任せて欲しい。ジャックなんて、目じゃない。重い荷物を載せても、どこまでも楽々乗れるよ。

負け犬の遠吠えのようだと思っていた「can」には、可能性があるというとんでもない大きな意味があるとわかった。「キャン　キャン　キャン」と口に出して言うだけで、元気が出てきた。訳もなく辛くなったら、「I can. I can.」声に出してみる。動詞を先導して、どんどんやらせる力がある。元気が出る、出る。ジャックやベティの耳にも届くだろう。紙に書いただけでも、できる気がする。私は、できるんだ、必ずできるんだと、やる気が出てきて、くよくよする暇があったらやってみよう。助動詞 can を友達にすることを忘れないことだ。心も体も動き出すはずだ。勇気が湧いてくる。夢を持ち続け努力していたら、いつかかならず、それは実現できるときがくる。

母が書家になって趣味はピアノです。聞いてくださいと言って、ピアノを弾いている姿が浮かんできて、和子は声を出して笑っていた。

夢を語った母と比べて、和子はなにをしていたのかと、先日あったことを思い出して、愕然とした。

クラスメイトと一緒に学校から帰るときのことだった。突然敏江が「お姉ちゃん」と大きな声で呼んで走ってきた。和子は突然の敏江の姿に驚いた。クラスメイトは、

「えっ、妹さん」と目を輝かせて妹を見た。そのとき、和子は口走っていた。

「この子は家の前に捨てられていたのよ。それで家で育てることにしたの」

自分でも信じられなかった。どうして言ったのか、わからない。ありえないことを言っていた。口が勝手に開いて、喋っていた。和子は固まってしまって、訂正しようにも言葉が出てこない。口が開かなかった。妹は顔を歪め泣きそうな顔をして、走って逃げて行った。クラスメイトもけげんな顔をして、「じゃあ、またね。さようなら」と言って足早に行ってしまった。

妹もクラスメートも和子の言葉を聞き逃さなかったはずだ。取り返しのつかないことをしてしまった。和子はしばらく棒立ちになっていた。自分の中にこんな悪魔がいつの間にか住み着いて、和子を支配していた。あんなことを言わせたのは悪魔の仕業で、和子は知らないことだとしらを切るつもりはないが、とんでもないことをしてしまったという思いからは逃れられなかった。それでも謝ろうとも思わなかった。

和子は息を呑んだ。これでは父と同じではないか。いつの間にか、父の病気が感染していた。治らない病気だ。知らない間に、人を言葉で傷つけて殺す病気だ。父を責める資格はない。自分はなんという酷い人間かという思いが、和子を苦しめた。

その晩、妹から話を聞いた母は、和子に聞いてきた。

「どうしてそんなことを言ったの。敏江は泣いていたよ」

和子は返事ができなかった。母はそれ以上、和子を追求しなかった。そのことがまた和子を苦しめた。死にたい。父のウイルスを体の奥深くに溜め込んでいるなんて、生きる価値がない。父とは顔も髪も似ていないが、父と血が繋がっていることは間違いない。体が震えてきた。もう逃げられない。

父は醜い言葉を発したとき、死にたいと思っているのだろうか。聞けるものなら聞いてみたい。

明くる日、母は着物の余った布で、手提げ袋を縫って持ってきてくれた。

「敏江のものとデザインは変えて作ってみたの。お姉ちゃんと同じ布で作ってくれて嬉しいと言ってたわ。和子のことが好きなのよ。仲良くしてあげてね」

母が窮地を救ってくれた。敏江に謝って、この袋を持って今度の日曜日に二人で遊びに行きたい。

中学生になってから、和子はやたらお腹が空くような気がする。身長が十五センチ伸びている。あと八センチで一五〇センチ。なんとしてもクラスで一番チビというのは中学卒業までに返上したい。和子は伸び盛りの進行形、まだまだ伸びる気がする。和子はキャンcan、キャンcan娘になっていく。

我が家では朝食は配達を終えて帰った者が各自作って食べることになっている。ご飯は炊けているので、和子は授業に間に合うように、生卵かきまぜご飯とか、牛乳ぶっかけ飯を作る。配達のあとの腹ペコの体には早く食べられるのがいい。中学になって給食がなくなったので、大忙しの母が作ってくれる弁当は、ご飯の上に焼き鮭が一切れというのが多い。これではお腹がグーグー泣くから、売店に行って乾パンを買って食べると、収まる。

ところが、父のことを考えていると、自分の欠点ばかりが見えてくる。敏江が和子のまっすぐで黒々としている髪を「お雛様のよう」と羨ましがり褒めてくれても、敏江はまだ子供だからと思い、話し相手にはならない。母と話をするが、ゆっくりと話ができるのは銭湯への行き帰りしかない。和子が母と歩きながら学校のことなど話をしている間、横にいる敏江はいつも肩の下の方に頭があって、黙って付いてきている。

早く大きくなれ、敏江！

家にいるときもジャックやベティと話ができるようにしたらもっと元気になると思い、二人の顔を描いて色鉛筆で塗って額に入れ、机に置いてみる。これでいつでも話しかけられるのだが、それでもどこからか父の声が聞こえたり、気配を感じてしまうと、額の中のジャックとベティは哀しそうな顔になってうつむいてしまう。

そうだ、家族の話をしてみよう。ジャックとベティから習った受身形だ。I was born. 私は生まれた。ジョンズジ夫妻の間にジャックが生まれて、スミス夫妻にベティが生まれた。敏江も両親から生まれて、和子の妹になった。それぞれ家族が増えた。兄は今でも家族の中では生きている大切な男性である。二人に兄の話をしてみたい。母が兄のことをハンサムと言っているが、どう英語で書いたら兄にふさわしい表現になるだろうか。日本の俳優では誰に似ているだろうか。教室の女子の間で回し読みをしている映画雑誌に俳優ジェームズ・ディーンが特集されていたのを思い出した。兄はジェームズ・ディーンに似ている。

突然兄の声がした。

「俺がジェームズ・ディーンに似てるって、笑わせるじゃないか。ディーンが怒るぞ。面白いことを言うな、和子は。それにしても、和子、死にたいと思ってるのか。お母さんを悲しませるんじゃないよ。そんなことをしてはいけないと言ったのは誰だ。和子、お前だろう。お前が死んだら、お母さんは立ち上がれないよ。親父だって、和子、お前が死んだら腑抜けになる。親より早く死ぬことほど親不孝はないからね。俺は死んでみてそれがよくわかったんだよ。生きているってことは、凄いことだぞ。生きろ、生き抜け。俺の分まで生きてくれ。

父親殺しの娘を持った母親はどうなるか考えたことがあるか。敏江はそんな姉を持って、学校に行けるとでも思っているのか。親父のことで悩む時間があったら、もっと勉強しろ。どう生きたいんだ。生き残った者は、生きること、したいことを存分にしてから逝ってくれ。迷わず自分の夢に向かって走れ。

親父のことを悪く思うな。和子が輝けば喜ぶよ。ソトズラのいい人間で、弱い人間なんだよ。だから苦労しているのよ、ああ見えても。

羨ましいよ、親孝行ができる和子が。元気でいろよ。笑え！　ジャックとベティに教えてもらっただろう。Smile, Smile. 楽しいことをいっぱいして生きろ。頑張れよ」

和子は兄の言葉にいつしか涙していた。

そんな中、突然、信じがたいことが起こった。我が家にピアノが入ってきたのである。母の夢を聞いてから、一年が経っていた。和子は母の大胆な行動に唸った。もしかして、ピアノは誰かが少し使って、月賦代が支払われなくなって手放したピアノかもしれないと思って母に聞くと、「新品も新品」と母は胸を張った。和子には黒い借金の塊に見えた。しかし貧乏としかいいようがない我が家に不相応なピアノ。どうやって借金を返すかなど、和子が心配することではない。というか、心配しても、借金返済で和子がなにか手助けできることなどなにもない。

なぜこのような暴挙に出たのか、母はなにも言わない。敏江は無邪気に喜んでいる。父は背を丸めて信じられないという顔をして、「借金は返せるのか」と、母に小声で聞いているだけで、それなら俺がもっと稼ぎの多いところに働きに出よう、などと言いだす気配はまったくない。

これはなにかある。和子は考えに考えた。お腹が空いても答えが出るまで眠るわけにはいかなかった。これは母の離婚ではないか。法律上ではなく、家の中で、父とは違う道を行く、家庭の中での離婚宣言だ。Going my way. 我が道を行く。母が和子になにも言わないのだから、和子も母には黙っておくことにした。ピアノを母が弾く時間などまったくないのだから、表目には幼稚園のときからピアノを習いたいと言っていた敏江の夢をかなえたことになる。

祖父は、子供のために頑張った教育熱心な嫁と言って、母を褒めちぎっていた。あまりに母のことを褒めるので、もしかして祖父がダメ息子を追い出したりしないでいてくれる礼として、そっと母にお金を用意してくれたのかもしれないが、本当のところは聞いてないからわからない。

それでも和子のざわざわした陰湿な心のうちと比べて、なんと痛快なことだろう。鮭一切れ弁当が続いても構わない。母が一つ夢をかなえたことが嬉しい。敏江がピアノを習うというのも、新しい時代が来るようで、ワクワクする。

和子は鍵盤を指で叩いてみたが、カナヅチで叩いたような音が返ってきた。和子には、音楽の時間のレコード観賞で十分である。ベートーベンの作曲秘話が英語のテキストにも載っていた。ベートーベンを聴きたい。

ピアノが入ったことは、町内での父のプライドをくすぐったようだし、発作のような父の雷《かみなり》の後片付けをしなければならないときの惨めな思いや怒りに比べれば、一時であっても、平安が我が家に来たということは、ありがたかった。

母は家庭内離婚という新しい人生を選んだのだから、和子も新しい自立の道を考えたい。中学を卒業したら働いて母を助けるという人生は辞めた。和子は商売には向いてないので、家業は継がない。親から自立した生活をするためにも、母に迷惑をかけることになるが、今は一人立ちできるように自分を磨くときだ。好きなことを見つけて実力をつける。それで食べていけるようにする。そのための準備期間がいる。この家を出て自分の生活を始めるためにも、まずは高校進学である。行けるものなら大学も行きたい。卒業して勤めても、結婚したら勤めを辞める「寿退社」だけはしたくない。自分のしたい仕事を持って、人生を歩みたい。母を迎えに行くのは、それからだ。

ジャックとベティと出会って一番ありがたかったのは、言葉に興味を持てるようになったこと。英語という全く知らなかった外国語に出会うことで、日本語にもさらに興味を持ち出した。黙っていることも、まったく意味がないことではなく、逆に深い意味があることにも気がついた。言葉は息をしている。怠けるときもあるし、頑張るときもあって、まるで生きものである。テキストの中には、短い言葉の繋がりが次の行にも続いて、心の中を描いていく詩というのもあった。詩や小説をもっと読みたい。生まれてからずっと和子なのに、自分のことがわからなくなるときがある。言葉が答えをくれるかもしれない。心の底に眠っている言葉にもっと耳を傾けていきたい。

待ったなしの高校入試が目前に迫ってきている。中学三年間はジャックとベティに助けられたが、卒業すればもう赤いバンダナをしてジャックと並んで歩くベティと話す時間も持てないほど忙しい日々が待っていることだろう。

高校に入って、英語のテキストを開いて驚いた。ジャックとベティがどこにもいない。あれは敗戦直後に採用された中学生のための教科書だったそうだ。どうりで、車とか冷蔵庫とか戦勝国アメリカの豊かさが沢山紹介されていた。

しかし今はもう敗戦などという時代は終わり、新しい出発のときである。というわけでもないだろうが、父は、和子の牛乳の配達地域を郊外の遠い田舎の方に変えた。長女が店を継ぐためにも、すべての地区を配達しておくことが将来役に立つと言う。

牛乳配達は田んぼや畑が連なるところに家がポツン、ポツンとある中を行く。クリーム色の鉄筋コンクリートの高い建物などどこにもなくて、二階建てで、蔵のある黒い瓦屋根の家ばかりである。畦道の突き当たりに一軒、また一軒と、でこぼこの土道を自転車で走る。後ろに牛乳を入れた木箱をくくり付けて、両方のハンドルにも、牛乳をいっぱい詰め込んだごつい布袋を下げているので、ハンドルを取られて倒れそうになる。空ビンだけになる帰りは楽だが、行きは特に注意しないと怖い。

学校に遅刻しないように配達を終えるためにも、早めに出発するから、冬など自転車のライトを灯して走る。車輪で擦って発電させるので、自転車は重くなる。坂でなくても、サドルに座ってペダルを踏むだけでは弱い。腰を浮かせて、上から体重をかける。右足、左足と交互に力を入れて踏み込んでいくと、スピードが出てきて、体が燃え出す。陽気を出している体は気も荒くなる。人気のない道を占領して牛乳ビンがぶつかり合う鈍い音とライトを従えて、和子は自転車のベルをかき鳴らして、闇の中を切り抜けていく。

道端に白い紙袋が落ちている。電車の停留所近くの饅頭店の袋だ。焼きたての大判焼きを食べながら空腹を満たして、家路に急ぐ人が捨てたものだ。

すっかり夜が明けると、田んぼの中に家が見えてくる。気合を入れて自転車のスタンドを立てる。田んぼの細い畦道を牛乳を持って走る。暖かいときはいいのだが、寒くなると、畦道の両側に生えている雑草が布製の運動靴を撫で、霜が靴を濡らし靴の中までしみ込んできて、汗で蒸せているソックスをさらに濡らす。冬になるとしもやけになる。しもやけで膨らんだ足は靴の中でごろんごろんと動いて、上手く走れない。太ももから脚を吊り上げるようにして、ポトンポトンと地面に落として歩いていく。

問題はそれだけではない。犬は鎖でつながれているので吠えるだけだが、猫は違う。猫は突然飛び出してくる。ブレーキが間に合わなくて、猫の背中に乗り上げて、自転車ごと土道に叩きつけられる。道路には牛乳で白い地図が描かれ、土埃を浮かべて形を変えて広がっていく。

鋭く先を尖らせて、牛乳ビンが一本割れて、和子の服まで飛び散っている。拭き取りたいが、雑巾も水道もない。打ち付けた足や腕の痛みのことより、「すみません、明日二本入れさせてもらいます」と勝手口に回って謝るのが先だ。なにが起こるか、まったく予測できない。猫、出てきて謝れ！

月末になると、週末に集金に行く。「できたばかりの市営住宅は公務員が多いからちゃんと出してくれる」と母が予測したとおりだったが、初めての田舎ではどうなのか。市営住宅に比べて少し暗いというか、地味な感じで、支払いを渋るのではないかと心配したが、行けば、気持ちよく出してくれた。

裕福な農家が牛乳を取ってくれるという理由だけではないような気がした。この地域を先に配っていた父は、家では鬼親だが、外では腰の低い態度を取っていたようだ。

「お父さんはお元気？　お父さんの娘さんなのね。早くからご苦労様」

この辺りの人には家での父の豹変ぶりなど想像もつかないことだろう。それでいいのだ。和子は救われていた。

集金のときは、勝手口から声をかける。しかし「玄関の方にお回りください」と言ってくれる家があった。まさかと思ったが、玄関に回って中に入った。

畳の部屋に見事な松が彫られたどっしりとした衝立が置かれ、花が活けてあった。玄関だけで和子の部屋ほどある。奥から母より一回り以上も年上と思われる和服姿の女の人が出てきて、正座し、お辞儀をした。

「いつもご苦労様です」と言ったかと思うと、請求書のとおりの牛乳代を出してくれて、お釣りを出す必要がなかった。集金で、こんなに丁重な出迎えを受けたことはなかった。動揺して思わず、「綺麗な玄関ですね」と口走っていた。「ありがとうございます」と集金のお礼を言ってなかったと気がついたのは、玄関を出てからだった。

四年生になった敏江が牛乳配達を始めた。和子も四年生で配達をしたのだからと、父は敏江を説得したに違いない。近くの社宅が並ぶ一区画で、バス通りを横切って入ってしまえば車の往来のない静かな住宅地である。父が配達していたところだから、父の仕事がその分減るということになる。

敏江が嫌々引き受けたことはすぐわかった。

「敏江ちゃんの自転車はすぐわかるわ。もの凄く荒々しい音を立てて行くんだもの。スタンドを立てるときも、賑やかなこと。騒々しくて何事かと思うわ」

得意先からの苦情を伝えると、敏江は即座に反論してきた。

「親もやりたくないことを、なんで子供がやらないといけないのよ」

「お客様からの苦情だよ。朝早いから、自転車の音がやかましく聞こえるのよ。もう少し静かにしてあげてね」

「できません。精一杯やってますから」

敏江のあまりのストレートな返事に、和子は堪えた。

「『親がやりたくないと思っているのになんで子供がやらないといけないの』って、お客様には関係ないよ。配達を引き受けたからには、ちゃんとお客様のことを考えて配達しないとダメよ。言いたいことがあるなら、直接お父さんに言うべきよ。敏江ちゃんがピアノを習えるのも配達をしているからだよ。敏江ちゃんは自分で働いて、レッスン代を払っているのよ。凄いわ。そんなことができる四年生なんてどこにもいないよ」

敏江はほっぺたを膨らまして不満そうな顔をしていたが、次第にほころんで来たようで、「わかった」と言って大きくうなずいた。


「体がだるい。配達できそうにない」

父が朝起きてきて、そう言うときが出てきた。和子も高校二年生になったのだから、父も年を取るはずだ。といってもまだ五十歳にはなっていないから、会社勤めなら定年までまだ数年はある。

「もう少し、ご飯を食べた方がいいよ。お酒は少し控えてね」

父に言っても本当にしんどそうで、反論してこないし、ものを投げてこない。

「配達は同じことを繰り返すばかりで面白くない」と父は言った。

これには唖然として、和子は目を丸くして父をにらみ付けた。口が勝手に吠えていた。

「牛乳屋って、毎日一本ずつ一か月休まず配達して、初めて集金に行ってお金がもらえる地味な仕事なんだよ。知らなかったの。金のなる木がどこかにあるとでも思っているの。

配達を毎日待ってくれている人もいるというのに。家族がなんとか今日まで生きてこられたというのに、辞めるわけにはいかないよ」

「和子は黙っていてなにを考えているのかわからない」といつも言っている父は、驚いたようで、饒舌な和子を口を半開きして見ていた。

和子は、卒業後のことがなにも準備できていなくて不安と焦りでいらだっていたから、話し終えて、肩で息をしている自分に驚いた。

先日もまた父と母の口論が聞こえていた。

「子供の教育はお前に任せているのに、和子はどうなっているんだ。女に大学は必要ない。口ばかり肥えるだけだ」と言う父に、母は「私は和子を信じています」とまたいつもの言葉を繰り返していた。

「好きなことをして生きていくのがいいよ。応援しているからね。ここでは勉強はできないよね、家を出ていくしかないわね」

そっと和子に語り掛けてくれる母の気持ちに応えたかったが、長女として、母を助けて牛乳屋を継いだ方がいいのではないかと気持ちが揺らいでいた。

でももっと広い世界に行きたい。

父のいない遠い地に行って、傷ついた心を開放してやりたい。母にはわがままを言うことになるが、和子は夢を捨てられなかった。広い世界って、どこにあるのか。なにがしたいの？　自分でもまだ答えられない茫漠とした思いだが、その茫漠こそが、和子を支えてくれていた。

大企業に就職したいとか、結婚とかクラスメイトが口にするような具体的なものは、なにかきな臭く思えて、興味が湧かなかった。

そして今することは、少しでも卒業後の生活費を貯めておくことだ。大学が難しければ、大学の夜間部に入って、アルバイトと奨学金で生活し、昼間の大学に再入学する道もあるとか、いろいろ資料を集めていた。

こんなときに、父が得意先の電気屋からトランジスターラジオを買ってきた。有名なメーカーのものだ。自転車のハンドルに縛り付けて、ラジオを聴きながら配達すると父は言った。牛乳一本の四十倍はする。母のピアノに対抗して、持ってみたかったのかもしれない。支払いはどうしたのか。もう聞く気もしない。

配達を終えると、父は大事そうに自転車から外して、胸に抱えて家に入った。

配達に出かけるとき、帰ってきたとき、和子の顔を見ると薄ら笑いを浮かべて言った。

「ラジオは面白いぞ」

「なにか面白い番組があるの」と和子が興味を示すとでも、父は思っているのだろうか。

配達が忙しい上に、高校の授業科目も多くて、中学では英語しか興味がなかったのが災いして、授業に付いて行くのに苦労している。今の和子は、自分のことだけで精一杯で、もう父にかまけている暇などなかった。

高校卒業後の進路についても相談するには、敏江はまだ幼い。時間がなくてクラブ活動も入っていないし、クラスの友達と放課後話をする時間もない。

でも時々思う。父のあの薄ら笑いの奥では、自分ではどうすることもできなくて、薄ら涙を流しているのではないだろうか。孤立していく父に、トランジスターラジオは唯一の話し相手になってくれているのかもしれない。

「体がだるくてたまらない」

朝起きて体調が悪いと哀れな声で訴えればなんとかなるということは、牛乳屋には絶対ない。早朝の仕事の現場は戦場で、配達を休むわけにはいかない。緊急事態発生ということで、父の穴埋めは母と和子の二人でするしかない。

「どうしても我慢できないようなら、医者に電話してね。電話番号はここに書いてあるから」

母は医者の電話番号を紙に大きく書いて、手渡して配達に出た。

和子も声をかけた。父のずる休みかと思って声をかけた。

「ラジオをかけたら、元気が出る番組があると思うよ。大風を吹かせてもコートを脱ごうとしなかった男の人が、太陽を照り付けると上着を脱いだという話、イソップ物語、知っているでしょう。ジャック アンド ベティの教科書に載っていたよ。泣き言をいう男に女は近づかないよ。女は元気な男が好きだからね」

父は怪訝な顔をしていた。


母が自転車を止めて、車で配達をすることにした。母の大胆な行動はピアノでわかっていたが、車には免許証取得のために、配達の後、休む間もなく自動車学校に通わなければならない。女性が車の運転をするというのがまだ珍しい時代である。母が過労で倒れなければと祈るばかりである。学校の修了式に、普段は化粧しない母が化粧をしていた。着物に黒の紋付の羽織を着た母は、神々しいほど美しかった。その姿に、父と結婚したことが間違いだったと母が思っていると、和子は確信した。子供がいなかったら、本当に離婚していただろう。

ミゼットという三輪軽自動車が我が家にやってきた。Midget は従妹の節子から貰った小さな英語辞書にも「一寸法師、小型」と載っている英語で、ジャックとベティに再会したようで嬉しかった。小さいが、山でも登れる馬力があるし、自転車とは比べものにならないほど大きくて、店を占領していた。敏江は友達を連れてきて、ミゼットを披露していた。

母は川向こうの街の商店に卸す大口注文を主に配達することになった。自転車のときは何度も家に帰っては牛乳を追加してはまた出かけるというのを繰り返して、母の疲れもピークに達していた。

「ミゼットの支払いも銀行からの融資を受けられたからなんとかやっていける。支払いが大変だけど、体が本当に楽になったわ。病気をしたら元も子もないからね」

母は言ったが、それは一旦家を出たら遅くまで家に帰ってこないということでもある。母と少しでも話ができるということもできなくなったわけで、敏江も和子も、それぞれの分担を各人で責任を持ってやっていくしかなかった。

特に午後からの時間も、母は追加注文を受けて牛乳の再配達をしたので、夕食に食い込んできた。遅くなっても夕飯は四人で食べようと、母の提案で父がはじき出されるということはなかった。

しかし帰ってこない母を待って、事故に遭っているのではないかと、店の外に出ては暗闇に母の車を探すことが多くなった。

ある雨の日、心配していると、パンクして一人で修理していたので遅くなったと言う。雨合羽を着ていても、髪も顔も濡れてぽたぽたと額に垂れている。汗と容赦のない雨で体中ずぶ濡れである。食事が先か風呂に行くのが先か。憔悴して土色になっている母が倒れる前に手を打たなければならない。車の配達だけに頼っている怖さを思い知らされた。

和子は朝しか配達をしなかったが、学校が終わってから、自転車で川向こうの商店に少しだが配達に行くことに決めた。

一度母の配達も知りたいと思い、時間が取れたとき同乗させてもらった。車の中なら話ができるし、母の運転する車に乗るのは初めてで、和子はドライブを楽しむ気分になっていた。昔は市営住宅が建ち並ぶ側に流れる川は渡し舟で行き来していたが、今は大きな橋がかかったので、車の運転も遠回りしなくてよくなっていた。

しかしそれも店の前までのことだった。荷台から店内に持ち込むには、牛乳が詰まった箱ごと運ぶので重い。ずっしりと腰に来る。和子でも体がぐらつかない様に、腰に力を入れて踏ん張らなければならなかった。時々、母があんま屋に行くのが納得である。

運転席に戻って、次の得意先に行くときも、なにか話をするというような緩んだ時間はなかった。ハンドルに両手をかけて前方を見据えている母が、和子に話しかけることはない。まさに仕事の緊張の直中だった。

「俊お兄ちゃんのこと考えていたら、いつの間にか話ができるようになっていたわ。お兄ちゃんが死んだのはお母さんが悪いんじゃないって、お母さんには元気で長生きして欲しいと言ってたよ」

母は小さな声で歌いだした。唇はほとんど動いていないが、ハミングではない。聞いたことのある童謡が次々聞こえてきた。母が幼い兄に歌って聞かせた歌だろうか、歌は続いた。

和子は涙が出そうになったのを必死に堪えて、前方を見続けた。

配達から少しずつはみ出した父は外に出かけることが多くなった。

「ご主人が息子に話をしてくれて、上手くいきました。長く家に籠っていたのですが、学校に行くと言い出しました。本当にありがとうございます」

「生け垣が綺麗になってありがとうございました」

「ドアの鍵が硬くて困っていたんです。お陰様でスムーズに動くようになりました」

突然菓子箱を持った人が来て、お礼を言われる。父がいなくなって、どこに行ったのか案じていたのがわかるようになった。

「お父さんが誰かの助けになっているということは、嬉しいわね。お父さんも私たちにとってもありがたいことだわ。なにもお父さんを家に縛りつけてしたくもない配達をしてもらわなくてもいい。喜んでくれる方がいるのなら、ボランティアで続ければいい。自信をもって続けて欲しいわ。短気を起こさないでやればきっと続くわ。自信もつく。続けることよ、大切なのは。祈ってます」

和子は旅立ちに、母と敏江にも話しておきたかった。

「この店は母さんが配達しなくなったら閉店です。もちろん敏江ちゃんが店を継ぐというなら別だけど。お母さんは窒息しそうになっている和子を、どうしたら自由に、幸せに生きていけるか考えてくれました。ものすごい忍耐力を発揮して、優しく丁寧に生きる力を育ててくれました。

でも残念ながらこの家には自由がありません。暴君はいりません。私は高校を卒業したら、この家を出て、働きながら夜間の大学に行こうと思います。牛乳配達を投げ出して、自分の道を行くこと本当にごめんなさい。お母さんと敏江ちゃんには迷惑をかけることになりますが、今この機会を逃したら、ここを出ていかれない気がしています。新しい町で新しい私を取り戻して、生きていくことから始めたいと思います。

敏江ちゃん、ここでずっと牛乳配達をするの。高校を卒業しても配達をしてくれるのかしら。お母さんと一緒にお店の仕事をしてくれるの。それともなにか、したいことがあるの。高校を卒業したらどうしたいの」

敏江が即答できるはずもない質問を立て続けに投げかけた。敏江はじっと和子の顔を見て聞いていた。

数日経って、敏江は集金してきた金から当時としては真新しい五千円札を一枚抜いて、和子の顔の前に振って見せた。

「これで二人でなにか美味しいものを食べに行こうよ。やりたい放題なんだから、私らがこれくらいやってもどうってことないよ。それとも大学に行くのに使う？　私もお姉ちゃんの後を追うからね。ここにいても店は私の自由にはならないよ、お父さんがいる限りは無理だわ。私も広いところに行きたい。自由に、私の好きな道を歩きたいから」

まだ子供だとばかり思っていた敏江が、自由を勝ち取るにはどうしたらいいか、行動するしかないということに気が付いた。敏江は和子が相談できる頼もしい相棒になってくれた。和子の机の周りには、和子が描いたジャックとベティのイラストが飾ってあるし、進学のために集めた資料が積み重ねてあるので、敏江も自分の新しい生き方を考えるようになったようだ。

後日、集金の金を黙って引き抜いたことは、父にばれた。

「知らないとでも思っているのか。ちゃんとわかっているぞ」

大声を上げた父に、敏江と和子は顔をまっすぐ上げて、父の顔をまばたきもしないで、じっと見つめた。父はしばらく二人を見ていたが、なにも言わないで行ってしまった。その目に薄っすらと涙が見えた。

ピカソの女

「この通りには美容院や床屋、八百屋、豆腐屋、魚屋、駄菓子屋、自転車屋、文具屋、酒屋はあるが、食べるところがないな」

父がつぶやいた。

会社をやめてから一日中家にいる父が、やっと自分のやりたい仕事を見つけたようだ。

「宮仕えは性にあわん」と言った父が、それではなにをするのか、新しい勤め先を探すわけでもなく、病気でもないのに働かない父親など、紀子の六年生のクラスにはいない。父がぶらぶらしているので、クラスの悪ガキの目が嫌な光を放った。

「けっこうなご身分ですね、お前の親父さまは。でもそれって、実は能無しなんでは！」

怒鳴り返してやりたかったが、もしかしてそうかもと、心の隅でうなずいているところもあって、反論できなかった。父にはなんとか一日も早く仕事をして欲しいとヤキモキしていた。

大通りを北に入った細い通りは、道路に面した部屋を商店に改造する家がまた一軒、一軒と増えて、華やかとはいかないが商店街らしくなりかけていた。

母は会社に勤めており、辞める気はまったくない。というか、今、母が働かなくなったら、食べてはいけない。今や母は一家の大黒柱である。

となると、食堂をやるにしても、父一人でやるしかない。食堂だからおいしい料理を出せばいいのだが、上手く客と話を合わせて楽しませることができるかどうか。融通がきかないというか。ムキになって自分の考えを通そうとするから、客もうんざりして来なくなるのではないかと心配でならない。

そんなとき学校の図工の時間に、先生が外国の画家が描いた絵だと言って見せてくれた。

母だ！　目が釘付けになった。

青白いというか、白い顔をして天を見上げて泣いている女の人の横顔。大きく見開いた目。もう片方の目は涙の形になってしまって今にもこぼれ落ちそう。悔しくって許せなくって号泣していたからか、眉毛が根っこから抜けて目頭のところまでずり落ちている。その根っこが大きく開いた両手の五本指にも見えて、助けを求めているのか、怒って振り上げた両手にも見える。こんな悲しい顔、恐ろしい顔、見たことがない。流した涙が大きな粒になって上唇ギリギリで止まっている。白い顔に頬が赤い。生きている！　横顔に見えていた顔が正面を向いているようにも見えて、倍々苦しみが迫ってくる。

もう一人の泣く女は青い花飾りを付けた赤い帽子を被って、黒っぽい服を着ている。お洒落して出かけた先は、外国だから教会かな。よくわからないが部屋の中。女の眉は垂れ、目球《めんたま》は泣いてつぶれかけている。ハンカチを歯でギシギシと噛んで悔しくてどうにかなりそう。もう体中がのたうっている。ハンカチで顔を隠しても、口や歯も泣いている。そこを強調したくて、画家は白いハンカチの上に口や歯を描いている。こんな描き方、図工の先生も父もしたことがない。ハンカチで見えなくなった唇が真っ白なのは、あまりの口惜しさ、痛みや哀しみで、血の気が失われたからだと思う。

この度肝を抜く絵を描いたのは、ピカソ、有名な画家だそうだ。紀子は初めて知った。今までに見たこともない複雑で心の中も描いた深い絵。遠いヨーロッパのスペインの画家が会ったこともない日本人の母の気持ちを描いている。

放課後先生のところに行って、もう一度ピカソの絵を見せてもらった。先生はびっくりしたようで、「そんなに気に入ったの、どうぞ、どうぞ、観てください」と言って、画集を渡してくれた。「どこが気に入ったの」と聞かれたが、母に似ているからとは言えなかった。紀子はただその女の人の側にいてあげたかった。その女の人は苦しみもがき、涙を必死に我慢していていたのに溢れてしまった。紀子は涙を止めてあげることなどできないが少しは気持ちが楽になるのではないかなと思って。

先日もまた偶然、母が哀しそうな顔をしているところを見てしまった。空を見上げていて、その目には涙が光っていた。

「お母さん、どうしたの」

声をかけると、母は驚いたようだが笑い顔を見せて、「あ、紀子、なんでもないよ。お腹、空いたよね、遅くなったわ、さあ、ご飯、ご飯」と言うばかりで、台所の方に行ってしまった。

そんなことがあって、ピカソで頭がいっぱいになった。

父は仕事に行かなくなっても、趣味でスケッチや水彩画を描いていたので、父に教えてあげようと学校から走って帰ってきた。紀子が「ピカソ」と言ったとたん、父は難しい顔になって、一方的に喋りだした。「あの顔はなんだ、あの目も鼻もどうなっているんだ。

外国の女だからといって、人間だろう。眉やまつ毛もおかしい。泣いていてもあんな顔にはならんぞ。正確に描かないと、基礎ができてない。もっと対象を観察しないとダメだ」と頭ごなしである。

紀子は父の絵が嫌いなわけではない。たしかに正確に描けている。町内の祭のために描いた動物の絵はどれも、皆が誉めてくれた。

ただピカソのあの泣く女の人は、他人事とは思えなかった。泣いて訴えかける女の人の心が正直に描かれていた。ピカソは会ったこともない母の哀しみがわかっている。それを描かずにはおれなかったピカソの気持ちも溢れていた。

父は同じ家に住んでいても、母の哀しみが見えてない。紀子は母をモデルにピカソが描いたとしか思えない絵のことを話して、父に考えてもらいたかっただけなのに。「幼稚園の子の描く絵だ。あんな画家のことなどに構うな。皆の空腹を満たす食堂を作るのが先だ」と言う。今、父がすることは、食堂を作ることも大切だが、母をわかってあげることだ。

父の仕事を手伝いながら、どうして食堂をしようと思ったのか、聞いてみた。

「新婚のときにお母さんが作ってくれたロールキャベツが美味しかったんだ。あんな美味しいものは食べたことがなかったよ」と興奮して話してくれた。「美味しいものを食べると皆、幸せになるだろう。食べるところがあるというのは大切なことだよ。でもこの辺りでは洋食屋はまだ早い。将来の話だな。もっと軽いもの、庶民的なものがいい」

紀子が初めて聞く話である。母が父に得意の料理を作ってあげて、仲良く食べたことがあったなんて。本当のことを言えば、紀子はまだ母のロールキャベツを食べたことがないから、ロールキャベツの食べられる食堂にして欲しい。でも父の言うこともよくわかる。お好み焼きとか、焼きソバとか、うどんや丼ものとか、安くて腹いっぱい食べれるものの方が売れる。中学生や高校生が学校帰りに気軽に寄ってくれる。

「世界初のインスタントラーメンというのが発売されて、家でも簡単に食べられると、ものすごい人気だよ。食堂にうどんを食べに来る人がいるかな」

「インスタントものと一緒にするな。ちゃんと昆布やカツオで出汁を取ってうどんを食べる。それが戦後復興した日本人だ」

父は大きく出たが、紀子にはよくわからない。でも新しいなにかが始まるような気がした。父の目標もしっかりしているようで、父が店を始めても大丈夫だろうと思い、手伝うことに決めた。上手くいけば、悪ガキたちを黙らせることにもなるので、紀子は必死だった。

「初めは小さな食堂から始める。一階の台所を改築して食堂にする。大工を頼んだら金がいるから呼ばないでやる」

そう言って、父が紀子を助手にして食堂を作り始めた。プロの大工でもないのに大丈夫だろうかと心配だが、紀子が手伝うことでなんとかなる。成功させてみせると、自分に言いきかせるのだった。

「木が動かないように、しっかり抑えて」

「カンナ屑を掃除してくれ」

「しっかり、そこを持って」

「喉が渇いた、茶をくれ」

「休憩だ、タバコ、マッチも灰皿も忘れるな」

それでも時々、父はバカなことを言う。

「小便がしたい、紀子、代わりに行ってきてくれ」

ピカソのことも、よく知らないくせにべらべら喋る。会社に行ってもトンチンカンなことを言ってたから首になったにちがいない。

それでもやがて、父に言われたとおりに働いた紀子の頑張りもあって、食堂が見えてきた。開店できれば、お金が入れば、母は父を見直す、とはそう簡単にいかない気がする。

母にもピカソの話をすると、「いろいろ違うものに見えてくる？　面白いわ。そうよ、次にどんな新しいものが見えてくるか楽しみ。好きだわ。深いのね」と喜んだ。

他になにが好きか、なにをしているときが楽しいのと聞くと、「柿」と即答する。母の実家には大きな柿の木があって、毎年近所にもおすそ分けするほど美味しい柿が実っていた。元気だったころの祖母は煮もの、和えもの、サラダ、デザートと柿を使って料理の腕を振るっていた。母も柿が大好きで、和食のときは爪楊枝、洋食のときはフォークで食べていたそうで、その習慣は母が父と結婚してからも続き、やがて紀子が生まれると、三人で食べるようになって、父と母の仲が怪しくなってきても、父が反対することもなく続いている。

他にも母が好きなものに、旅行がある。それも「一人旅」と言うのだが、これがよくわからない。紀子は母が出かけたのを見たことがない。会社に勤めるようになってからは時間もないので、母は旅行など絶対行ってない。一人旅は、母の願望というか、空想に過ぎないと思うのだが。

「一人旅はよくしてるわよ。ちょっとオシャレして、好きなものを食べて、心はもう旅に出ているわ。一人がいいのよ。自由にいろんなところに行けるから」

母は、紀子のどこに旅行したのという質問に、いつもそう言ってにっこり笑う。電車や汽車に乗らなくてもいい旅。空想の旅先の光景を想像するだけで旅行した気分になるらしい。なんという安上がりな旅。それでまた頑張ろうと元気が出てくると言う。


専業主婦だった母が初めて勤めに行くようになって、母は変わった。母が会社の人のことを話してくれて、笑い顔を見せるようになって本当にお喋りが多くなった。

ある日、母は会社から口紅を塗って帰ってきた。朝はたしかしてなかったのでびっくりした。父はもっと驚いたようで、「いい加減にしろ」と声を上げた。母は父の声を振り切るように二階に上がった。台所に降りてきたときには、口紅は消えていた。

パンを買ってきたと言って、母は茹でたキャベツや人参やジャガイモに、卵の黄身と酢と油で作った母特製のドレッシングを絡めてサラダを作ってくれた。「洋食だ！」紀子は声を上げてバクバク食べた。

父は美味しいとも言わないし、会社のことに関心もないようだ。聞けばもっと、話してくれて二人は仲良くなれると思うのだが……。

父がいないとき、母に話した。

「お父さんが食堂を作ろうと思ったのは、昔お母さんが作ってくれたロールキャベツに感動したからだと話してたよ」

母は、えっと声を小さく上げ、言葉につまった。

「私、私がロールキャベツを作った？　憶えてないわ。そんなこと、絶対ないわよ。日本人には和食の方がいいから、お魚を中心に料理は作るようにしているのよ」

紀子もロールキャベツを食べたいので作ってと頼んだが、「青魚の方が体にいいのよ。魚に味噌汁が日本人には合っているの。紀子の背も高くなるわ」と言って取り合ってくれなかった。

母はあのときから口紅をすると決めたようだ。下唇に塗って、両唇をモグモグさせると上唇も薄く赤くなり、母の口に明りが灯った。たったそれだけのことでも、色白の母の顔が輝き、若々しくなった。

父は母の口紅にはなにも言わなくなったのは、変わっていく母を認めることにしたのかどうかはわからない。父はあいかわらずだぼだぼの古臭いズボンを毎日穿いて大工仕事に励んでいる。無精ひげが生えているのも気がつかないで、小柄な小父さんのままだ。

「今は店を立ち上げようとしているところだから仕方ないけど、開店したら、綺麗にしていないと客は嫌がるよ」

本当は、母が嫌がると言いたかったのだが、それは止めた。母は父のことには無関心を装っているのかなにも言わないので、父に母のことを話すのは難しい。ビミョウなのだ。

「まず食堂を作る。その他いろいろ準備しないといけないことは多いが、開店までにはちゃんとする」

わかった。父を信じよう。食堂開店まで、紀子は父の応援団長として働く。父の作ろうとしている店を作り、それが母にも認められるように手助けするのが紀子の務めである。

父は学校から帰る紀子を待ち受けるようにして大工仕事もスピードを上げて、食堂作りに励んだ。大きな鉄板を買ってきて、皿や料理を載せる木枠を作ってはめ込んでテーブルにした。プロパンガスのコンロを入れると、お好み焼きでも焼きソバでも、なんでもできるように整ってきた。母が高いから反対と紀子に告げていた電気炊飯器も、父は月賦払いで買ってきて、丼物もできるようにした。少しずつ父の考えが入って来るようになった。

母のために店を作るのではなく、父が考えている店を作る。それが母にも受け入れてもらえれば合格である。そうなれば紀子もまた柿をフォークで食べられる。

食堂の完成まで、緊張の父を支えているのは、タバコと焼酎である。

仕事中はタバコをやたら吸い、仕事が済むと、焼酎一合を命の水と思っているのか、目を閉じて、口の中でしばらく温めて飲む。喉仏がごくりと動く。そんなに美味しいのかと紀子はじっと父を見ている。

「飲むか、美味いぞ」と紀子に勧めるときがある。紀子をからかうような笑いを見せて言うときは、父が機嫌のいいときだ。一緒に飲んでくれる人が欲しいのだ。もし「飲む」と紀子が応じたら、父はどんな顔をするだろうか。母にもこんな風に話しかけたら、母も変わるきっかけが出てくるかもしれないのに。母に話しかける勇気が出ないのかもしれない。母にもピカソの泣く女のようなときがあることを、父は想像もできないようだ。紀子が教えてあげられることではない。いい加減黙っているのを止めないと、取り返しのつかないことになってしまうから。

父が一人酒なら、母も一人旅なんだ。

母の嫁入り道具の一つに、鏡台にかけている布カバーがある。母が日本刺繍をした御所車が描かれている。こんな美しいものが創れる母は、結婚するまでどんなにか綺麗なものに囲まれて育ったのではないかしら。想像するだけでも楽しくて、紀子は用事がなくても、御所車を見に行く。指で触って感触を楽しむ。

父が外出している日だった。

母はゆっくりカバーを取り、鏡に向かった。口紅を濃く塗って、顎を上げ、顔を左に右に動かして、鏡に映る自分の姿を流し目で見ていた。顎から首筋が白くて滑るような肌をしている母。

ぞくっとした。紀子は襖の陰に隠れてじっと見ていたが、体が小刻みに震えて止まらなかった。母はなにをしているのか、なんのためにしているのか。父はこんな母を知っているのだろうか。これがもしかして、母の言う「一人旅」というものだろうか。今、どこに出かけて、誰に会っているのか。「仕事はきついけれど、面白い」と言っている母だろうか。

会社から遅く帰る日が多くなった。「残業があってね」と言うが、母が帰らないことには、夕飯も食べられない。父は食堂をすると言っておきながら、母の代わりに夕食を作るということは思いつかないのだから。もしこのまま母が帰ってこなかったら、どうなるのだろう。居ても立ってもいられなくて、紀子は大通りまで走っていき、母の自転車の灯りを探した。車のライトが行き交うばかり。目を凝らしていると端の方にチラチラと動く灯りが見える。蛍の光のように細かった。

「ああ、帰ったね。帰った、帰った、お母さーん、お帰り！」

「ごめんね、遅くなって。待ってくれていたの、ありがとうね」

母は自転車の荷台に紀子を乗せて、家まで自転車を押して歩いた。紀子は学校であったことを話したが、家にはすぐ着いた。

「もう少し家が遠いとよかったな。もっと乗っていたいわ」

「ごめんね、お腹空いたよね。すぐご飯作るから」

帰ってきた母に、父は低い声で吐き捨てるように言った。

「口紅が濃い！」

母は歯で唇を削るようにして、上と下の口紅を消した。

父はずっと思っていたのだ、口紅をしている母は美しいと。会社では、母が綺麗だと言われていると思っていて、面白くないのだ。それなら、もっと早く、はっきり口紅はするなと言えばいいのに！

夕飯は葬式のようになって、紀子は下を向いて食べた。母はご飯を残した。父の言葉に腹を立てたのだろうか。もしかしてどこかで食べてきたのかもしれない。会社の誰かと食べたのかなんて、知りたくもない。

その夜、紀子は父と母が離婚した夢を見て、目が覚めた。金縛りになった体で、これは夢で終わるわけはないと覚悟した。

ある日、ブラウスを着た母の胸がいつもより、少し上がっているように見えた。

「お乳が大きくなった？　赤ちゃんができるの？」

母はブラウスを脱いだ。

「紀子は妹が欲しいと言っていたわね。でも赤ちゃんではないのよ。ブラジャーをしているの。胸の線がきれいに出るの。もう戦争も終わって、今は女も下着からおしゃれをする時代になったのよ。紀子もそのうち着けるようになるわ。楽しみだわ」

紀子はパーマネントをかけて、口紅をし、ブラジャーを着けている自分を想像して、身体が火照ってきた。

父は今日も同じズボンだ。稼いでないから、居候みたいに倹約、節約するしかないのかもしれないが、右隣が床屋だから、散髪くらいすぐ行けるのに、行かない。

このままなら、母を誰かに取られてしまう。タバコと酒を辞めたら、散髪代くらい出ると思うけど。父がオシャレをしたら、母の気持ちが父に向かうというようなことでもないのだが……。

いろいろあったが、ピカピカの店とはいえないが、食堂はできた。

父はメニューを用意していた。大工仕事で疲れていても、さすが、趣味が絵を描くことというだけのことはある。一人で頑張って描いていたようだ。短冊より少し横幅の広い厚紙に一枚ずつ料理名を書き入れ、下に絵具で料理を描いている。うどんや丼、焼きソバやお好み焼きが、ていねいに描かれている。食堂開店で父が一番力を入れたところである。色鮮やかに細かいところまで玉子うどん、きつねうどん、親子丼、他人丼が描かれていた。それが次々壁に貼られていく。父はどうだ、上手いだろうという顔をして、紀子の誉め言葉を期待している顔を向けてくる。

ここではデカデカと派手なピカソの絵より、父の絵が似合う。こぢんまりと壁に収まっている。

「お店が華やかになったね」紀子は飛びっきり大きな声で言った。

カウンターには真新しいうどん鉢が五つ、ふた付きの丼鉢が五つ、ガラスのコップも五つ並んでいる。お好み焼きや焼きソバのための皿、ヘラも大小光って置いてある。

「客の反応を見てから決めようと思うんだ。メニューは少しずつ増やす。壁いっぱいになるころには食堂らしくなっているだろう」

紀子の言葉に父はしたり顔をしてうなずくと、ちょっと休むと言って二階に上がった。

やがて母が会社から帰ってきた。明日が食堂の開店なので心配だったのだろう、残業もしないで帰ってきた。できあがった店を見ての母の第一声！

「好きなんだからやればいいけど、もう少しお金になることにも熱心だといいのにね。開店準備にお金がかかり過ぎ。美味しくしようとするのはいいけれど、材料費を考えないでやるから、儲けがあがらない。初めて開店するのだから、粉もんか、麺類か、ご飯ものか、なんでもかんでもやるんじゃなくて、どれか一つにしないと、理想だけじゃネ……」

母は手厳しいが、それでは店を父と一緒にやってみようとは言わない。

「紀子がお手伝いをしてくれたのね、ご苦労さまでした。今日は、魚の骨が苦手な紀子のために、好物の鶏の唐揚げにするわね」

二階に上がっていた父を紀子が呼びに行って、三人で夕飯となった。

「店の名前は」

紀子の質問に、父はえっという顔をした。

「名前がいるか。林だから林食堂ではダメなのか」

紀子は叫んだ。

「林だから林食堂なんてダメだよ。絶対に名前を出さないで。クラスの田村さん、家でゆで麺を作ってうどん屋に卸しているけど、『うどんは臭い、臭いは田村』と悪ガキたちが言ってる。絶対名前は出さないで！　私、学校に行かれなくなる！」

「なら、なんと付けるんだ」

「お父さん、なにも考えてないの。自分の店でしょう。丼の方がうどんより豪華な感じがするから、紀子は丼屋がいいと思うよ」

「丼が豪華か。なるほどな、丼屋か、そうか面白いな。それ、それにしよう」

「もっと考えないとダメよ、お父さん。なにを目玉商品にするの？　お好み焼き？　焼きソバ？　それとも、うどん？　丼もの？　お好み焼き屋、焼きソバ屋は言いにくいよ。お客に憶えてもらえないもの。丼屋が短くていいと紀子は思うんだ」

「じゃあ、紀子の考えた丼屋を、ひらがなにしたらどう。ど　ん　ぶ　り屋というのは」

母が口を利いた。父の食堂にはまったく関心を示してこなかった母が最後の最後になって、店の名前を考えてくれた。紀子も大賛成だ。母が付けてくれたことがなにより嬉しい。今は和食で、将来は洋食屋にして、ロールキャベツを出す父の夢が近づいたような気がした。

母がゆっくりと付け加えた。

「お酒は絶対出さないこと。前にも言いましたよ」

昔、父が酒で失敗して大変なことになった話を、祖母から聞いたことを紀子は思い出した。父には大きな課題である。母は父の覚悟を試そうとしているのだ。

話題を変えようと、紀子は焦った。

「看板、看板屋に頼んで書いてもらったら」

「ペンキ屋に頼むと高い！　まだ儲けてもないのだから無理だ」

「季節限定サービスというのはどう。柿の季節になったら、柿を一切れ、爪楊枝に刺して食べてもらうの。季節ごとに違う果物を出せば喜ばれると思うよ」

「それは面白いな」と言って父が乗ってきた。母は笑っていた。

明日はいよいよ「どんぶり屋」の開店である。

紀子は食堂に「おめでとう」を言いたくて、朝、二階から階段を駆け下りて食堂に入った。

「どんぶり屋」

店の戸口のスリガラスに赤いペンキで描いているのが目に入った。

「やった、やっぱりお父さん、やったね。昨夜早く寝たのも、朝一番で一人で書きたいように書くためだったんだ。上手じゃないけど、お父さんの希望通りの看板ができたよ。そこがいい。なんたって店長だからね」

母は一言「個性的」と紀子に言って、自転車で会社に行った。

学校から帰ると、客はいなかった。客があった？　などと父には怖くて聞けない。宿題があるからと二階に上がったがやはり心配で下に降りてきて、台所の方から食堂をのぞいた。母も心配だったのか、残業はしないで帰ってきた。

「初めから客は来ないものよ」

母は強気の発言を言い続けることが、父に店を続けさせるなによりの薬だと思っているのか、いつもより高い声で喋っている。

「近所の人が五人も来てくれたの。それはスゴイわ。ありがたいね。ご近所に愛されるのがまず大切よ。幸先がいいわ」

喜んでいるようにも思えるが、父と目を合わせないので、開店祝いの言葉を棒読みしているようにも聞こえた。

夕方になって、客が一人入ってきた。三十歳位と母が言った。父の目が光った。

客はメニューを見ていたが、「飯も食いたいんだけど……酒ってありますか。今日は疲れた。このところ会社がきつくてね」

メニューには酒もビールも載ってない。

母と紀子は台所で小さな声で話をしながら夕飯を食べていたが、箸が止まった。息を詰め、二人は食堂に集中した。

「開店祝いということで、一杯は店からのサービスです」

父はひそかに買っていた一升瓶から客のコップに注ぎ、自分のコップにも注ぐと、客のコップにカツンと当てて、「乾杯。お仕事ご苦労様です」と言って、コップを口にもっていった。

「いや、どうも、ありがとうございます。いいお店ですね。開店おめでとうございます」

客はお好み焼きを肴にしてコップ酒を飲みながら、壁のメニューを指さしたりして父と話をしている。もう一杯客のコップに酒が注がれた。もう一枚、お好み焼きが焼かれた。

「元気出ました。美味しかったです。お店、頑張ってください。また来ます」

客が出ていくと、父は黙って閉店の作業に取り掛かった。終えると、台所には寄らないで、二階に行った。

母は険しい顔を崩さなかった。

「紀子、明日は学校があるでしょう。早く寝なさい」

紀子も母に言われたら二階に上がるしかなかったが。

それでも、寝るわけにはいかない。しばらく待っても、母が二階に上がってくる気配はない。紀子は布団から起き上がって、階段を下り、台所へ入った。

食堂の明かりの中に、口をあんぐりと開けて、柿を丸ごとかぶっていた。顔が口に、口が柿になっている。無理やり一個丸ごと押し込んで、ガツガツと歯で噛み砕いて柿の汁が口から垂れている。

信じられない光景だった。最初は母だとはわからなかった。

紀子が台所から見ていることも、母は気が付いていない。

あっ！　母は、今「一人旅」に出かけている！

よく行くわよと言っていたが、いつ、どこに行くのか、誰と会うのかも言わないで、突然出かけるから、紀子には一人旅とはわからなかった。前に、綺麗にお化粧をして鏡台の御所車に乗っていくところを見たことがある。

今夜は大好きな柿を食べながらの真剣勝負の気配！　長引きそう。お泊まりになるかもしれない。どうかいい旅になりますように。

紀子は祈った。

ピカソの画集には、泣く女の他に、ふくよかな女の人が海辺を走って、喜びを全身で表していた絵があった。

紀子の家のアルバムにも結婚したころの母がいた。ふくよかな母が父とフォークで柿を食べていた。


柿を噛み砕きながら、母は腹から絞り上げるような声を出した。

「私も明日からどんぶり屋か」

しかしその顔はまだ納得していないと紀子は見た。

「一人旅」から帰ってくる母を、待とう。

紀子は後ずさりしながら台所を出た。胸が波立ち、足の裏が階段にぺたりと付くとヒヤとした。指に力を入れて足裏を少し浮かせて階段を上がっていった。

あいつ

東京で初めてのオリンピック（一九六四年）があって、二年後にはビートルズが来日。あのロングヘアを新聞で見たとき、英子《えいこ》は「新時代到来！」と歓声を上げた。

あいつは「女みたいな髪をしやがって、情けない」と大声を上げた。四十九歳で急性白血病になって、入院して青汁を飲んでいた。たくさん飲めば病気が治ると聞きつけたようだ。五勺入りガラス瓶二十本。初日は一升飲み干した。緑の汁が顎から喉仏を伝って、パジャマが緑に濡れていた。母はあまりのことに興奮して、「凄い、偉い」を連発して、「英子も頑張ればできるのよ。大学は楽しいのよ」と励ますのだった。

あいつが青汁を飲むことと、娘の英子が希望の大学に合格することとは違うと思うのだが。二日目には五合になり、三日目にはその半分になって……。

「飲まなかったら熱が上がった。それで飲んだら下がった日があったんだ」

青汁は病院が出すものではないので飲まなくてもいいのだが、見舞いの客が来ると、俄然あいつは頑張る。青汁療法の話を熱心に説いて、目の前で青汁の一気飲みをして見せる。飲み終えると、舌でいかにもうまそうに唇を舐める。

「いや、どうも、それは……そんなにいいものがあるとは知りませんでした」と客は病人の必死の演技を褒めてくれる。しかし客が帰るとぐったりしている。ストレスが増すのか、タバコを吸う。英子も『英単語記憶術』というベストセラーの本を読めば語彙力が増すと思ったが、英語の本をたくさん読む方がいいのではないかと思い、十ページほど読んで止めた。こういうのも、あいつに似ていると思うと、ぞっとした。

あいつは堂々と病室でタバコを吸う。喫煙室で吸えばいいのに、ベッドの上にあぐらをかいて吸う。とうぜんだが、同室の患者から、看護婦からも、注意される。

「なんの楽しみもないんだぞ。こんな部屋にいたら死ぬ！」

絶叫して母に相談もなく、個室に移った。どうしてもやりたいことがあると、なりふりかまわず我を通すのはあいつの流儀だ。家を出たいために母に負担をかけるとわかっていて他府県の大学に行きたい英子も、同じ穴のムジナだと気が付いて、ごくりと唾を飲み込んだ。

病院の支払いが半端ではなくなった。あいつは定職に就いてなくて、時々仕事があると出て行って、帰ってきたとき酒の臭いがしたこともあった。「おまえがなんでもするから、俺の出番がないんだ」とか「お前のせいで、俺がダメになったんだ」と母に言う。あいつは気にくわない客には悪態をつき、店を手伝うことはなかった。

そこにあいつの入院。母は朝、新聞配達も始めて、やつれてきた。「病院は完全看護だから、行かなくても心配ない」と英子が説得しても、母は朝食に間に合うように、あいつが電話で頼んだものを用意して、病院通いを止めようとはしなかった。「悔いを残したくないから」の一点張りだ。もう愛想が尽きたと言うときもあるが、「離婚したら」と言うと、母は黙ってしまう。

夫婦って、結婚って、なんなんだろう。公衆電話の穴に十円玉を入れて母をゆすれば、なんでもかなうと思っている。命が繋がっているのは誰のお陰かわかってない。甘ったれるな！

あいつは個室に移ったことで、機嫌がよくなった。部屋の壁を太い黒のマジックで書いた紙で埋め始めた。「一寸先は闇」「当たって砕けろ」「天は自ら助くるものを助く」「七転び八起」「時は金なり」「人の情けは世にあるとき」「人は石垣人は城」

「お父さんは自分を励ましているのよ」

母はあいつを庇う。

「言葉ばかりで行動が伴わない！」

英子は赤いマジックで書いて、隣に並べて貼り付けたいが、あいつの真似になるので止めた。バラの花を一輪買ってきて、牛乳瓶に銀紙を巻き付け花瓶にして、テレビの横に置いた。

「テレビが見えない！　邪魔だ！　なんでも勝手に持ってくるな」

あいつの手が花瓶に伸び、床に投げつけた。瓶の口が欠け水が勢いよく滑ってバラが放り出された。

「お父さんは臭いに過敏になっているのよ」

母の冷静な判断に、英子は黙るしかなかった。

それにしても、タバコの本数が増えた。一箱三十円の辛くてきついゴールデンバットが一箱では済まない。灰皿にある吸殻の山を見ると、ぶん殴ってやりたくなる。

「もう好きなようにさせてあげようよ。それでお父さんの怖がりが少しでも収まるのなら」

「なに言ってんの。死神を喜ばしているだけだよ。なんのために入院したのよ。痛い注射をしているのよ。入院費のために、お母さんがどれだけ働いているかわかってるの？」

自分でも嫌になるほど「タバコは百害あるのみ」と説得しては、あざ笑うように目の前でタバコを吸って見せるあいつに、英子は無力感に陥っていた。

「なにもかも取り上げるな。なんの楽しみもない。俺は生きているんだぞ」

先生にお願いしてみるが、「何度も言ってますよ。ご家族の方にも言ってもらおうと思っていたところです」と言われてしまう。

処方された薬も、あいつは残す。

「効き目もないのに、薬など飲んでどうなる」と怒鳴る。

病院とは毎日のように人が死ぬところだ。昨日まであった病室の名札が取り外されている。どんなに空が晴れ渡り入道雲が出ている夏の盛りでも、死神は易々と入り込んでくる。同じ階の家族が医者を呼ぶ甲高い声が、閉じたドアの中まで容赦なく飛び込んでくる。

「廊下が騒がしいようだが、なにかあったか」

「亡くなった」

嘘もつけなくて言ったが、あいつが死を思うのではないかと、怖かった。祖父母は八十過ぎまで生きていたというのに。あいつの顔色は透けるように白い。健康な人の十分の一か、百分の一の血液で生きている。あと半年と言われた命は、何日残っているのだろうか。

英子にも残り時間が少ない。大学の試験日に変更はない。浪人は許されない。就職しようか。ダメだ、逃げるな、英子は弱気になっていく自分を蹴飛ばしてやった。

「背骨をマッサージしてくれ。血液ができるようになるかもしれないから。先生が時々輸血をして綺麗な血液と入れ替えてくれたらいいのに」

英子のマッサージくらいで脊髄が生き返ることはない。担当医にも、あいつのカルテを書き換えることは、もうできないのだ。

「泊まって欲しい」と強く言われるようになった。二人だけになって、なにを話したらいいのか。でもそんな心配はいらなかった。せわしなく看護婦がやってくる。熱や脈拍を調べる。肛門に解熱剤を入れる。

「毎日こうなんだ。頭が割れるように痛いんだ」

時々夜中に、うめき声が漏れる。広い額に汗の球が数珠つなぎになっている。英子が寝込んでしまったら、呼ばれても聞こえないかもしれない。手首に紐を巻き付け、英子の手首にも巻いて寝た。どのくらい経っただろうか。「南無妙法蓮華経」を唱えている声で英子は眼が覚めた。

「神や仏を信じてなにになる。今まで一度だって神や仏が助けてくれたことがあるか。貧乏人には寄り付かないんだ。手間がかかるからな」

亡くなった祖父が毎朝上げていたお経を横目に見て、悪態をついていたあいつの「南無妙法蓮華経」が静まり返った闇の中で細く低く漂っていた。繰り返し、繰り返し唱えていた。英子は手を合わせ口の中で、あいつと一緒になって唱えた。このときから、もう、あいつとは呼んでいないが、それならなんと呼べばいいのか……。

あいつは五十歳の誕生日を病院で迎えることができた。

「こんな暑い日に生まれたんだね。お祖母ちゃんも大変だったね」

母とは話をしたが、本人には話せない。暑い、本当に蒸し暑い一日だった。

顔がふっくらとしてきて、血色もよくなった。先生に確かめると、「薬による副作用」とのこと。

「家に帰る」と言い出した。

「こんなところにいたら、モルモットにされるだけだ。医者の業績に貢献する暇など、今の俺にはない。来年は英子の受験もあるしな。こんなところでぐずぐずはしておれんのだ」

退院が近いと勘違いしていい気分になっていたのか、看護婦には軽口をたたいている。

「練習、練習。誰でも初めは下手だよ。腕を貸してあげるから、痛くないから。さあ、やった、やった」

連日の注射、注射で煉瓦のようにガチガチになっている細い腕を差し出していた。

見舞いに来てくれた近所の製材所の富田さんには、就職を頼んでいた。

「退院したらきつい仕事は無理だから倉庫番でもしてみたいので、使ってもらえないかな」

「いつでも喜んで来てもらいますよ。今はゆっくり養生してください」と言われて、嬉しそうに笑い、富田さんに何度も頭を下げていた。

枕元のノートに父は書いていた。

「富田さんは、病気になったのは仕事のし過ぎだとお愛想を言ってくれた。それほど自分は仕事をしただろうか。実行力がないから、決めたことを後回しにして来た。もし完全にできていたら、家族になに不自由ない生活をさせてやれていただろう。頼りない男、父と思われても仕方がない。決断ができなかった。運が良くてここまで生きてこられたのだ」

「尿瓶を使いたい」と言い出した。

ベッドの上に、力が抜けた図体が投げ出されて、焦点の定まらない眼が天井に向けられている。足や腕はやせ細っているのに、あそこだけは大きく、どてっと垂れている。顔は透き通るように白いのに、あそこは朽ちた色をしている。こんなものをぶら下げて今まで生きてきたのか。こんなに大きいのに、本当に亡くなるのだろうか。英子は胸が締め付けられ、胃から押し上げてくる酸っぱい液を吐きそうになった。肩で息をして呼吸を整えた。尿瓶に入れるとき手が震えて指が触れた。熱かった。

輸血のとき、血液型が違うのに英子が気付いて、ナースセンターに走った。

「輸血で俺が死ねば、病院を訴えればいい。そうすればこちらの勝ちだ。金が取れる」

貧乏は哀しすぎる。

十月に入った天気のいい日、無断で病院を出て、タクシーに荷物を積んで、まさかの脱出。頭髪は真っ白、透けるように青白い顔にごま塩の無精ひげを生やして、店の戸口に頼りなげに立っていた。胸にY・Tと名前のイニシャルを、恥ずかしいという母に、赤の毛糸で大きく編み込ませた白いセーターを着ていた。

「イニシャルの大きいところがいい。白に赤というのがいい。お前らはなにもわかっていない」

世界にたった一つの自慢のセーターだが、英子には「死装束」にしか見えなかった。

「当分は店には立てないだろうが、留守番くらいならできるだろう」

精一杯声を出しているのだろうが、か細かった。「おかえり」ぼそっと言った母も、唇を噛み締めて布団を敷いていた。

病室のような清潔な空気、パジャマ一枚でも寒くない暖房、医者、看護婦、薬が我が家にはない。ないない尽くしの中への無防備な突入。英子は体の震えが止まらなかった。容態は坂の上から転げ落ちるというような生易しいものではなかった。転がり落ちるのを槍で突いて突いて突き落とす勢いで、父は命の火を細めていった。

最後に英子になにかできることがあるだろうか。もうほとんど食べ物を受けつける体ではなかった。子供のころ、溺愛してくれた祖母に連れられてぜんざいを食べに行くのが楽しみだったと聞いていた。栗の入ったのが一番好きだった。

「食べてみる？　上手にできたかどうかわからないけど」

頷いて、布団から長い時間かかって身を起こした。ひょろ長く骸骨のような指で椀を鷲摑みして、右手で箸を持って、ゆっくりと栗を口にもっていった。唇で受けた栗は口の中に入ると、唇や顎がゆっくりと動いて、やがて喉仏が大きく動いて呑み込まれた。

身体がよろけた。英子が支えようとすると、振り切るようにして上半身を起こし、また箸を動かしぜんざいをすすった。身体がぐらついた。と、背中を立てて、椀に口をつけ、箸をわずかに動かした。背中で大きく息をして、すすった。それからとても大切なものを頂いたかのように首を垂れ、長い間目を閉じていた。ゆっくりと開けた。

「ありがとう。おいしかったよ。ぜんぶたべられない。ごめんな」

「良かった。食べられたね。またいつでも作るからね」

父がものを口にしたのはこれが最後になった。

金魚

すりガラスに炎が踊っていた。湯船から立ち上がった瞬間、夜の闇を映す浴室の小窓が、炎に染まっていた。

昭子は足がすくみ、浴槽の底に吸い付いて立っているのが精一杯で、足を動かすことなどできない。声を出すこともできなくて、ただただ窓を焦がす炎を見つめている。物が燃えている音はしない。臭いもしない。外で人が騒いでいる様子もない。それがまた、いっそう、昭子に冷静さを失わせ、妄想の渦に巻き込んでいった。

不意に炎の中に一瞬、母の顔が浮かび上がってきた。思わぬ事態に昭子は慌てた。小窓を開けて火事を確かめるなど思いもつかなかった。

逃げろ、死ぬぞ、急いで、行け、出ていけ。火元は近い。

怒鳴り声が聞こえてきたのだった。母の腹の底から突き上げるドスの利いた声で、昭子の体にスイッチが入った。

浴槽を出て、風呂の電源を切る。浴室の電気を消す。服を着る。いつものとろい昭子がなんと機敏に動いていることか。口を真一文字に結んで、命じられるままに体が動いている。皮膚が至るところナイフの先で突かれたようで、短い痛みが断続的に駆ける。

玄関ドアを開ける。と、向かいの家が暗闇に浮かぶ。窓を染めたあの炎はなんだったのか。昭子は安堵するどころか、体が小刻みに震えてきた。

塀の上に高く突き出る白い車が巨体を見せて、闇をかぶっている。運転席の窓の上で、赤いライトが点滅している。しかしこのライトは前方を明るくしているだけで、風呂の小窓を照らしていたのではない。どこか他から炎が燃え上がっているに違いない。

意を決して、門扉を開けて道路に出る。人の姿はない。車の横に赤いライトが点滅しているのが見えた。これだ、風呂の窓を赤く照らしていたのは。隣の家に来た救急車だった。


昭子は遠く十八年前に引き戻されていた。

川向こうの家に住んでいたとき、昭子も救急車を頼んで、一一九に電話をした。サイレンは、近所の迷惑になるから止めて来て欲しいと頼んだのだった。

その夜更け、昭子はトイレに行くために目を覚まし、二階から踊り場まで下りたとき、洗面所のすりガラスの小窓が明るいのに気がついた。母がトイレを使っているのだと思って、寝室に引き返した。

布団の中にしばらくいたが、我慢できなくなって起き上がり、階段を降り切って洗面所のドアを勢いよく開けた。正面のトイレの明かりが漏れているとばかり思っていたが、左隣の浴室の電気が灯って、すりガラスの引き違い戸を赤々と照らしていた。

昭子は乱暴に戸を開けた。一瞬、昭子は息をのみ、眼《まなこ》を剥いた。

朱色の金魚が、大きな尾びれをゆらりゆらりと揺らして泳いでいた。炎が揺れているようにも見えた。

赤い水玉模様がついたシャワーキャップをかぶって、母が少しうつ向き加減に浮いていた。こちらに顔を受けて、左足、右足と交互に出して、湯の中を歩いているような格好だった。右の膝が少し前になって力なく垂れ、水道の蛇口まで進んで、やっとたどり着いたから、立ち泳ぎはちょっときついから、ここらで一休み、とでもいうかのようだった。

湯の温度を設定していたようで、暖かい湯が絶えず出ていて、まわりにはさざ波ができていた。母の体に触ると温かい。

いい湯だね。疲れが取れるよ。このまま眠りたい。いい気持ちだわ。至福のときだね。忙しい年だったからね、今年は。

とでもいうかのように、母は湯のぬくもりに抱かれていた。

しかし、二重瞼の大きな瞳だけはいつもと違っていた。二度と開かない、開けるつもりはないから、と意志を明確にしている目蓋。むきになって我を通して、見たくないから、見るつもりもないからというかのように、硬く目を閉じていた。

後十日もすれば新しい年。そして母の八十三歳の誕生日が来る。

気性の激しい母とは、子供のころからよく言い合いをしたが、昭子の方も負けじと反抗していた。どうしても承服できない母の言葉を奥歯でガリガリと噛み砕くと、昭子の奥歯がガタガタになるのではないかと思い、しばらく休戦していたこともあった。

母は赤が好きだった。母は幼いころ、長い髪を三つ組みに編んだときも、家にいるときは赤い布の端切れで結んでいたという。戦後、物資の乏しかったころでも、母はどこかに赤を身に着けていた。世間の目もあったので、着物では長じゅばんに赤を着るとか、目立たないようにはしていた。

母が話してくれたところによると、近所の青年が初恋の人で、赤がよく似合うね、と言ってくれてから、赤が一番好きな色になったという。しかし赤は勝負服と、赤い帯締めを下着に結んで出征を見送ったが、その男性は戦死したそうだ。

昭子はその話を心底信じているわけでもないが、その話をするときの母の目が輝いていたのが忘れられない。

秋に紅葉し、赤い実を付けるナナカマドも母の好きなものである。母は十歳のときに母親を、二十歳で、父親にも病で逝かれ、残った三人の弟を抱えることになった。言葉にならないほどの苦しみをくぐり抜けるために、わが身を奮い立たせるもの、強いもの、大きなもの、炎のように赤く燃え立つものが必要で身の回りに集めて、がむしゃらに生きてきたのではないかと、昭子は考えている。

だから母には怖いものなどないのだろうと思っていたのだが、毛虫が大嫌いだった。昭子が怖くなんかないよと言って、葉っぱについている毛虫を割り箸でつまんで取ってあげると、「襲ってこないんだね。よくやる、偉いわ、昭子は。また出たら頼むね」と、顔を強張らせて感謝して、昭子を戸惑わせたものだった。

昭子は結婚して一度家を出たが、離婚して、母の体調が優れなくなって、二十五年ぶりにまた母と同居をするようになった。しかし相変わらず、母の強い生き方に戸惑い、戦ってきた。

いつまでたっても、母は赤の女であった。


「いつまでお湯の中で寝るつもり、母さん」

母の肩に手を当てた。昭子は何度も何度も大声で母に呼びかけたが、返事はなかった。元気なときより少し窪んだ目を、母は決して開けようとはしなかった。

「いつまで入っているつもりなの。いい加減に出なさいよ。のぼせてしまうよ。今、何時だと思っているのよ。寝るならちゃんとお布団で。風呂の中で寝るなんて、どうかしてるよ。呆けてんじゃないの。好き勝手なことばかりして」

怒鳴っているのが口なのか、頭の中なのか、昭子にはわからなかった。

呆けているなんて、ひどいことを言うじゃないか。私の好きなようにさせておくれ。もうそうさせてもらってもいい齢だろう。戦争ではひどい目にあった。弟は学生のとき、特攻隊で片道分だけ燃料の入った飛行機に乗って突撃した。可哀そうに、熱かっただろう。結婚して初産で生まれてきた長男は親戚中で歓待を受けたんだ。でも一歳の誕生日を迎えないうちに死んだ。戦争に殺されたようなものだよ。亭主や姑、小姑、そして昭子、お前の面倒。それに勤めに出れば男社会。休むことなく働いた。戦ばかりだったね。もう静かに休みたいよ。私の自由にさせて欲しい。いい湯だから、もう少しこのまま入っておきたいんだよ。

「そんな無茶な、わがままなこと、許しません」

眠り続ける母を湯からそっと出そうとするが、重い。痩せていると思っていたのに、いつの間に、こんなに重くなったのだろう。

「ここにいても、いいことなんかないよ。部屋に行って寝ようよ。明日は絵画教室に通っていたころのお友達が見舞いに来てくれるのよ」

寝たいなら、昭子が寝るといいよ。私はお風呂、大好きなんだよ。温かくなって、体が軽くなる。こんな自由になれるところはないよ。

昭子は腕から擦り抜けようとする母の体に悪戦苦闘して、熱くなっていた。

「早く出ろ、この年寄り！　ここから出ると、来年はもっと凄いことがあるから」

来年といえば、昭子も定年だね。年寄りの仲間入りだよ。年金は毎年減るよ。体はガタが来るのがわかる。でも毎日が休みで、自分と付き合う時間がたっぷりあるからね。昭子は自由を楽しめるかな。ここの家に戻ってから、昭子が笑ったのを見たことがないように思うんだけど。笑って過ごして欲しいよ。

「なに言ってるのよ。どうして笑えるのよ。来年のことなど考えられないわよ。今、目の前でなにが起こっているか、わかっているの、母さん。ここから母さんを出すことなのよ。それができないと来年などないわ。今はもう母さん、私の手に負えないほど重くなってきてる。どうしたのよ。冗談を言っているときではないのよ」

昭子は母の背中から両腕を胸の方に回し、後ろから引き上げることにする。

無理だよ、そんな格好じゃ。腰に力が入ってないね。出せるなら出してごらんな
まるで昭子が困るのを楽しんでいるかのように、母の全体重が昭子の腰にかかってくる。

「相変わらず、口が悪いね。母さんらしいわ。

それにしても、啖呵を切るような、その言い方。懐かしいわ。昔、うちで食堂をしているとき、飲むだけ飲んで食べるだけ食べた挙句、いちゃもん付けて勘定を出し渋る客がいたよね、そのとき母さんが凄んで、怖い客も金を置いて出て行ったよね。

父さんは奥に行ってしまい、事の成行きを身を小さくして窺っていたわ。父さんは、一家に男は二人もいらないと言ってたわ。名プロデューサーだったと思うよ、父さんは。

さあ、母さん、もう少し娘に協力してくれてもいいんじゃないの。ああ、こういうとき、父さんがいたら助かるのにな」

よく言うよ。死んだら急に父親に甘くなるのかい。あの人はダメだね。いざというとき役に立たない。

「そうかな。なんでも母さんがやってしまうから、父さんの見せ場がなくなってきたんじゃないの。父さん、へこんだのよ。上手く言って、やってもらえばよかったのよ」

その言葉、そのままお前に返すよ。父さんは、昭子、お前にやられたんだよ。
それにしても、お前はなんで離婚したんだよ。いい夫だったろう。女のことで泣かされたことはなかっただろ。あの男も、もう少し、昭子にガツンと言うくらいの根性があると思ってたんだけどね。もっと腹にあることを、女房にぶつければよかったのに、可哀そうに、昭子にやられたんだよ。

「今はそんなことを話すときじゃないわ。生きるか死ぬかの瀬戸際だよ。わかってるの、母さん。お願いだから、娘に協力してちょうだい。昔の話をしているときではないわ。目を覚ましてよ」

昭子は腰を踏ん張って引き上げようとするが、少し上がったと思うと、また滑り落ちる。
金魚はゆっくり湯に戯れている。

もし昭子が手を放せば、母の体は浴槽や床タイルに当たって痛がるのではないか。もろい体だから骨が折れてしまう。寝込むことにもなるだろうから、それこそ大変である。

父は七年寝たきりだった。父が倒れて、母は急にかいがいしく世話をしだした。若いとき、首の後ろが痛いと訴えて病院に行くと言い張った父を母は苦笑して、ちょっと疲れただけだよ、オーバーな人だねと言ったことを思い出して後悔していた。あのとき病院に行かせていたら、こんなことにならなかったと、首を垂れて悔やんでいた。そんな昔のこと関係ないと昭子が何度言っても、悪いことをしたと、長い間しょぼくれていた。

湯を飲んでいるのかもしれない。湯さえ吐き出せば、目を開けるかもしれない。昭子は左手で体を支え、右手で背中を叩いてみた。

吐かない。痛がりもしない。返事を待ったが、母は目をつむってまだ温かい色白の肌を昭子に預けたままである。

「目を開けてよ。つむっていたら、綺麗なものも見えないでしょう。こんな大きな声で言っているのに、聞こえないの。いつも都合が悪くなると聞こえないふりをして、母さんの悪い癖よ。孫を見せてあげられなくて、離婚して家に戻ってきたことを、まだ許してないのね。あのまま一緒にいたら、私、夫を殺したくなったかも、いや殺していたと思うわ」

長く連れ添えば、そんなこと思う夫婦はざらにあるよ。それにしても昭子は殺すのが好きだね。子供のときは、父さんを殺すと言ってたね。母さんが可哀そうだと、紹子は食ってかかっていたよ。小心者で、スピッツのように当たり散らしていた人だったけど。

「スピッツというより、ナメクジみたいだった。家は暗くてじめじめしていたわ」

スピッツとかナメクジとか。家には豚もカマキリもいたね。賑やかだった。そんな家族の中で大きくなった昭子が結婚したら、今度は昭子が亭主を殺したくなったって言うじゃないか。次は誰を殺したくなるのかな。私なら殺されてもいいよ。昭子とあいつになら、いいよ。

「あいつとか、なにを言っているの。母さんの『あいつ』、母さんの好きだった男《ひと》、その後どうなったのかしら、私が知らないとでも思っていたの。うちの食堂で働くようになったとき、絵を描くのが趣味で、あの男が描いた絵を見せたときの母さんのキラキラした目。

あんなに嬉しそうに話をしている母さんを初めて見たわ。可愛らしかった、少女みたいだったよ。いつも怖い顔をしていた母さんしか知らなかったから。

それで私はなかったことにしたのよ。私の記憶から強引に引きずり下ろした。母さんが家を出て、その男のところに行くんじゃないかと、怖かったから。でもあのときは、私、子供だったんだね。母さんの女としての気持ちがわからなかったんだ。父さんは知らなかったのかしら」

突然母は、昭子の腕から擦り抜けて金魚になって、湯の中を泳いだ。慌てて、母を捕まえた。

「言っておくけど、私が母さんを殺すなんてことはないからね。しっかりしてよ。さあ、目を開けて」

昭子は母の温かい背中を胸で受け止めた。きめ細やかな色白のうなじには、シミがない。節くれだったシミだらけの手とは、別人のようだ。

それにしても重い。もうこれ以上腰を踏ん張って母を救い出すことはできない。母は昭子に体を預け、されるままに任せている。

「なにか企んでいるんでしょ。随分と素直じゃないの。気にくわないといつもなら金切り声を上げて、手足をばたつかせ、『痛いよ、放してよ。自分で出るから。娘などの世話にならない。老人扱いしないで』って、大声を出すのに、どうしたの、今日は」

湯船の中で温かい母の裸体を、手に、腕に感じていると、寝ているふりをしているだけではないかとも思えた。昭子はなぜ自分が母に呼びかけ、母を浴槽から救いだそうとしているのかわからなくなってきた。

でも母をこのままにしておくことだけはしてはならない。なんとしても母を救い出す。覚悟を決めて、大きく息をした。

昭子は母の顔を左の肩に乗せ、両腕で母を胸に抱きかかえて、両足を前より広く開いて、腰を深く落とした。

「いいね。行くよ、母さん、一緒にね」

昭子は勢いよく立ち上がった。

しかしやっと引き上げた母の足の裏が、紫色になっているのを見たとき、昭子は力が抜けた。

洗い場に母を横たえた。力なく眠る母がいた。先ほどまでの重さが信じられないほど、母は小さく、細かった。

乳が出ないと、赤ん坊の昭子が癇癪を起こして噛みついたという乳房が萎んで垂れさがっている。

噛まれて痛がった母は、乳離れを誘おうと、乳首に唐辛子を塗って胸を開いていると、乳首をくわえた昭子がびっくりして、大声を出して泣き出した。

後になって母は何度も話してくれて、愛おしそうに笑っていた。

これがお前を生んだ母だよと、自分の裸体を惜しげもなく見せる母を、昭子は放心したように見つめた。


もういいかい、昭子、母さん、風邪を引くよ。こんな格好では。


母の声が聞こえたような気がして、昭子は我に返り、電話のある居間に走った。

ほどなくして、救急車が来た。玄関に、紺色の作業服を着た男が二人入ってきた。昭子は着替えることも思いつかなくて、パジャマ姿のまま出迎えて、浴室に案内した。

「亡くなられていますね。苦しまれてはいません。即死です。冬にお風呂で亡くなる方は多いですよ」

母のような死に方はよくあることだと、事もなげに、目の前の男は断定した。そんな馬鹿な、母は死んでなどいない。生き返ることはないのか、混乱した頭で反論したが、母の心臓が止まっていることは、認めるしかなかった。

もう金魚は消えていた。

差し出された心電図の波形が平らでいつまでも続く。

これ以上の証拠はもうないと言われて、昭子は袋小路に追い詰められた。救急車は母を救いに来てくれたのではなかった。

もし風呂に浮いている母を発見してすぐ救急車を呼んでいたら、母は助かっていたのではないか。母を浴槽から出している間に、母の心臓が完全に止まったのではないか。昭子が、蘇生の可能性を消したのではないか。昭子がもう少し注意していたら、母はこんなことにならずに済んだはずだ。体調を崩してはいるが、来年の女性会の新年会には出たいと、好きな赤い色のドレスを新調したのが、間もなくできるというのに。同じ家に住んでいるのに、母の異常に気がつかなかったのは、昭子が悪い。昭子が母を殺したのだ。母を死に追いやったのは、昭子だ。

いつもは母より後に風呂に入るのに、昭子は年末で会社の仕事が多忙を極めていて、疲れ果てていた。年賀状を書き終えてから入りたいと言った母より先に入ってしまったのだ。風呂上がりに、「お先でした。お休みなさい」の挨拶もしないままに、二階に上がり、ベッドに倒れ込んだ。

なぜ襖を開けて、母に挨拶をしなかったのか。顔を見れば、母の体調の異常に気がついたかもしれないのに。体が小刻みに震えてきた。

昭子は素足で床に立ったまま、背中を壁に押し付けて、かろうじて身を支えて、検死官に質問を浴びせられていた。声を出そうとすると、口の中が乾燥して切れそうだった。

腹に力を入れると、やっと口が開き、あえぐように声が漏れた。喉が渇く。舌が絡みついて言葉が押しつぶされる。なにを聞かれたのか、どう答えたのか、思い出せない。

「保険に入っていますか」

唐突な質問があったのは憶えている。

「入っていません」

オウム返しに答えたが、本当にそうだったのだろうか。

一瞬、母のことはなにも知らないのではないかと不安がよぎった。退職したら、退職したらと、忙しいのを楯に自分のことばかりで、母の世界に入ったことなどなかったのではないか。

「パジャマの袖が濡れていますね。浴槽から引き上げるときに濡れたんですね」

指摘されて、昭子は驚いて、パジャマの袖を見た。確かに濡れている。そんなことにも気がつかないで、風呂場で全力で格闘したのに、母は目を覚ましてくれなかった。

検死官に正しく答えているのかどうかわからないまま、質問は終わった。

しばらくすると、どうして母は死ななくてはならなかったのか、昭子はまた同じような自問自答の中に突き落とされた。もう少し早く発見できていれば……。母を死に至らしめたのは、昭子ではないか。母を死なせた、いや殺したのは昭子ではないか。

お前は殺人者だ。なに食わぬ顔をして、母を殺した。母親殺し。胸に切り込み、木霊した。


「寝室に連れて行ってあげましょう」

検死官の声に、昭子は、母の布団が敷かれている和室に行き、襖を開けて待った。

「これを母に着せてください。風邪を引きますから」

昭子は見知らぬ男らに母の裸を見せるわけにはいかないと、少しでも早く、母にパジャマを着てもらいたかった。昭子が母の誕生日プレゼントとして贈っていた赤いパジャマを簞笥から出して、渡した。

昭子は処置が完全に終わるまで、外に出るように言われた。

二人の検死官は昭子をとがめることもなく、逮捕することもなく、玄関を出た。道路には近所の人がいるのか、「亡くなられました」と答えている声が聞こえた。母の死がとうとう知られてしまった。大変なことになってしまった。昭子一人の胸に収めておれば、母はまだ生きていることになるのに。死がアメーバのように広がり、昭子にまつわりつくのがわかった。

昭子は母が眠る部屋の襖を開けた。

母は真っ赤なパジャマを着ていた。

真っ赤なパジャマを着せられて、今にも目を開けそうに仰向けに横たわっていた。

黒電話のある部屋

母、錦子《あやこ》は八十一歳だった。心臓発作で急死した。

世の中は平成不況で株の大暴落。菊恵の勤めている会社も大きな打撃を受け、仕事も急に増えて煩雑になり、朝早く出て夜も遅く帰宅するようになり、会社人間を余儀なくされていた。退職まで後二年を切っていた。この一年、錦子と話をする時間がなかったことが悔やまれてならなかった。

菊恵は独り残されて、人はなんの前触れもなくこんなにもあっけなく死ぬものかと呆然とする中、一緒に住んでいた母が家の中にも外にも、どこにもいない。そのうち帰って来ると思い、食事になると錦子の皿に盛り付けて待っていたり、錦子の部屋を覗いてみたり、トイレにいるのではないかと探しに行ったり、不意に、亡くなったことに気がついて、逝ったら二度ともう帰ってこないのだと、立ちすくんだりしていた。

錦子のことがなにもわかってなかったのではないか。錦子の部屋に行けば、錦子に会えるのではないかと、一年間開《あ》かずの間になっていた一階の錦子の部屋を寝室にすることに決めた。六畳の和室は錦子が亡くなる十年前、壁紙と畳を新しくしている。錦子の手が触れたのか、なにか食べていて汁が飛び散ったのか、壁にシミができている。カレンダーを留めていた押しピンの跡が微妙にずれて残っている。襖の引手も周りが手垢で黒ずんでいた。

引き出しの付いた文机には電話機が置いてある。菊恵と同居するまで、錦子が一人で田舎に住んでいたときのもので、二人しかいない家に二台とは贅沢と思ったが、錦子には新しい友達もまだなくて電話で長話をしていたので、菊恵も一台にすることをあえて強制しなかった。

黒色のダイヤル式のもので、1から9で最後に0の順に丸い穴の中に数字が書かれている。電話番号の数字の穴に人差し指を入れて、右下まで回す。指を抜くと、ジーという小さな音がして9は元の位置まで戻る。次の番号の穴に指を入れて、また下まで下ろす。指を放すとジーという音をさせて穴は元に戻る。また次の番号の穴に指を入れて同じことを繰り返す。市外局番も含めてすべての電話番号を人差し指を入れて繰り返すと、指が重くなる。

ずいぶんと悠長なかけ方なので、「もう二十一世紀なのよ！　古臭い電話機は捨てて、プッシュフォンに替えたら」と勧めたのだが、「まだ使えるからもったいない」と錦子は替えようとはしなかった。錦子が亡くなって電話の権利は売ったが、黒い電話機はそのまま置いてある。

文机の壁には、錦子が「ゆめ」と淡墨で書いた書が飾られている。筆さばきに勢いがあって、菊恵は気に入っている。

夜になると部屋の電気は消して、錦子の使っていた枕元の小さな灯りを付けて、菊恵は床に入る。天井の木目が薄く浮かんでくる。こういう中で、錦子との生活を思いをめぐらすのだった。


休日には、錦子に代わって菊恵が食事を作っていたので、なにを食べたいか聞こうと二階から下りて、錦子の部屋の襖を少し開けたときのことだった。

文机の前に座って電話をしている錦子の背中が目に入った。前屈みになった背中がとても小さく痩せているのに驚き、声もかけられなくてそっと襖を閉めた。こんなに弱い錦子を見たことがなかった。いつもはっきりと大きな声で、「菊恵、菊恵」と呼んで、言いたいことを言う気丈な錦子の口元に目が行くことがあっても、背中をまともに見ることはなかった。

背中をポンと叩けば一瞬にして崩れそうだった。それでも老いの体に迫る死の気配などまったく感じなかった。いや小さくなった背中に、一瞬、錦子が見知らぬところに行くような、誰かに盗られるような気がしたこともなくはないが、錦子は亡くなるほど老いてはいない。錦子は死神に取りつかれてなど断じてない。だとすると、あの背中はなにを語っているのだろうか、菊恵は新たな謎に取りつかれた。

錦子の部屋の電話が鳴れば、二階の菊恵の部屋まで聞こえてくるのに、聞こえなかった。ということは、錦子の方から電話をかけたということになる。その相手は誰だ。悪い話ではない気がする。尖った雰囲気ではなかった。

受話器を持った方に、背中が大きく傾いていた。受話器から聞こえる声に吸い寄せられるように耳をぴたりと付けて、聞き逃してはならない重大な話を告白されていたのか。〈二人一緒なら、生きていけます〉とでも言われたのか。崩れそうな体は受話器からささやかれる声に支えられていた。「はい」とか「ええ」とか「はあ」とか、相槌を打つ錦子の声もなかった。受話器を持っていたのは、左手だったと思うが、右利きだから、右手でメモっていたのかもしれない。いや両手で受話器を持っていたのかもしれない。左手で持って、右手を添えていたのか。それで左に傾いていたのか。鼓膜に響く甘い声に錦子は溶けて崩れていたのかもしれない。錦子は誰かに熱い想いを燃えたぎらせて、その背中は逢いたい、逢いたいと大きくもがき揺れていた。あなたが言われることはすべてお受けします、とでもいうように。錦子が恐ろしいほどに電話に夢中になれる相手、姿を見せない電話の男性が、菊恵は怖かった。

菊恵の妄想は乱れ、乱れて膨らむばかりだが、〈黙って人の部屋を覗くな、出て行け〉と、錦子の背中が怒っているようにも見えて、菊恵は圧倒されて声をかけることもできないで、襖をそっと閉めて退散するしかなかった。

錦子が洗濯を別々にしたいと言い出したのは、いつごろからだろうか。二人の洗濯物でタンクがいっぱいになると洗濯機を回すのだが、菊恵が洗濯するのは、会社が休みのときしかない。となると、錦子がすることが多くなっていると思い、錦子の申し出を快諾した。菊恵が洗濯をする日は二階のベランダが、シーツや枕カバー、下着や小物まで、菊恵のものでいっぱいになった。洗濯物を入れた大きな籠を持って上がり、風がそよいでいる中、干す。丸まったものを広げ、ポンポンと叩いて皺を伸ばす。石鹸の香りも微かにして、菊恵は清々しいこの仕事が好きだった。

一度、菊恵の日にまだ一本の竿には、錦子のシーツなど洗濯物が干されていたことがあった。忙しくて、仕舞い込むのを忘れていたのか、まだ乾いてなかったのだろうか。菊恵のものを干すために錦子のものを取り込もうとしたとき、花柄のショーツがあるのを見つけた。先日も仲良しグループの若い人と泊まりがけの旅行に行くためと言って、ブラジャーやマニキュアを買ってきた。どんどんお洒落になっていく錦子に戸惑いながらも嬉しかったが、それは黒電話と関係があったのだろうか。

午後から会社の外回りの仕事をした日のことだった。自宅にも近いところだったので、済んだらそのまま自宅に帰らせてもらうよう上司に掛け合い承諾を得ていた。明るいうちに家に帰れるなど本当に珍しく、仕事が終わると少し浮足立った気分で家に着いた。しかし玄関を開けようと取っ手を引くが、開かない。ドアに鍵がかかっている。慌てて鍵を鞄から出して鍵を開け取っ手を手前に引いたが、チェーンが伸びて、ドアはそれ以上開かなかった。

菊恵は、ドアにチェーンをかけるということはしない。錦子が一人でいるときは、鍵をかけた上にチェーンまでしているのかと、改めて錦子の生活スタイルを知ることになった。老いた女一人の留守番は物騒で用心に越したことはないと納得した。

錦子が出てきて、チェーンを外してくれるものと思い、しばらく待っていたが、出てこない。トイレでも入っているのかもしれない。どうしても手が離せない用事をしているのだろうか。となると、どうして家の中に入ったらいいのか。どこか近くを散歩でもしてこようか、喫茶店でも行ってみようかと考えたが、裏に回って庭から居間に入ることができるかもしれないと思いついた。

しかし居間のガラス戸にはレースのカーテンだけではなく、遮光カーテンまでしてあり、中が見えない。ガラス戸を引いてみたが、びくともしない。鍵がかかっている。

「えっ、なんなの、嘘!」

思わず声が出てしまった。

声をかけてみるのもいいと思うが、明るいうちに、自分の家の狭い敷地にいて、「お母さん、開けて」と子供のように頼むのか。「錦子さん、いる?」と声をかけるのがいいのか。いい大人が、なんだかおかしいじゃないか、といって、どうしたらいいのか。菊恵は思いもしなかった事態に狼狽してしまった。

気持ちを落ち着かせようと、庭の花に目をやった。コスモス、フジバカマやホトトギス、シュウメイ菊や嵯峨菊。白に黄色、紅色、ピンクと、穏やかに揺れている。どれも錦子が植えたものばかりである。

菊恵には名前もよくわからなくて、「綺麗な花ね」と褒めると、「花にも名前がそれぞれあるの。あなたにも菊恵という名前があるでしょう」と錦子に呆れ顔をされて、菊恵は花の名前を一つひとつ憶えてきたのだった。

見上げると、爽やかな秋の空が広がっていた。この平穏な光景と、菊恵自身、自分が置かれている状況がよく理解できないでいた。それでは、どうするといっても、もう一度表に回るしかないではないかと、自分に言い聞かせるのだった。

けっこうな時間が過ぎていたと思う。もう一度だけ試してみようと玄関の前に立ち、ドアのノブを引いてみた。

開いた。ドアが開いた。鍵もチェーンもかかってなかった。菊恵の勘違いだったのだろうか。あのドンという音がして、チェーンが伸び切った衝撃は、まだ手に残っているのだが。中から、錦子が外してくれたに違いないのだが。錦子は外出していて、誰か他の人が開けてくれた、というような恐ろしいことがあるはずがない。

中に入った。朝、出て行ったときに記憶している玄関のままである。下駄箱の上に錦子が活けた花が飾ってある。たたきには、錦子と菊恵のつっかけサンダルが二足。なにも朝と変わってない。

菊恵はパンプスを脱いで、床に上がった。左のドアを開くと台所と居間。真向かいが、錦子の和室。右に行けば二階に通じる階段である。いつもなら台所に入ってお茶を飲んだり、言葉を交わすこともあるのだが。

錦子に声をかけていこうと思って、襖の前まで進んだ。話し声は聞こえないが、襖の向こうに人がいる気配を感じた。心臓が激しく脈打ちだした。声をかけようとしても、喉が渇いて、声が出ない。足が床に鳥もちのように張り付いてしまって動かない。

胸の鼓動が部屋の中まで聞こえるのではないかと思い、胸を両手で押さえた。鼓動はさらに激しくなり、爆発するのではないかと思うほど胸が締め付けられてきた。

離れて！　離れて！　体の底から声が聞こえる。菊恵は思い切り階段の方に体を向けて、足裏を引き上げた。階段まで音をたてないようにして進み、忍び足で階段を上がった。菊恵の部屋のドアノブを引き中に入り、閉めた。静まり返った家の中で、カチッと金属的な音がして、菊恵は失神しそうになった。パンプスを下駄箱に仕舞わなかったことに気がついた。

どのくらい時間が経っただろうか。菊恵にはなにも聞こえてこない。階下の客がいつ帰ったのかもわからなかった。

夕暮れが部屋に迫ったとき、錦子が階段の下から呼ぶ声がして、菊恵は階下に降りた。食卓には錦子が作った夕飯が並んでいた。菊恵は錦子の部屋に来ていた客のことを口にするのは、とても怖くてできなかった。菊恵の勝手な妄想かもしれないと思うと、めったなことは言えなかった。

錦子の仲の良かった弟の戦死、暴言暴力で酒浸りの夫との不幸としかいえない結婚生活。残り少ない人生に、辛いことの多かった錦子がやっと出会った男性だから、祝福してあげなければと心では思っても、体が拒否反応していることに、菊恵はどうすることもできなかった。

食卓の向かいに座っている錦子は何事もなかったかのように箸を動かしている。学区の運動会があるので老人の玉入れ競争に出ないかと誘われたが断ったと錦子が言った。出たくなければ出ないでいいよと菊恵は即答をした。野良猫が来て困ると言ったので、ペットボトルに水を入れて置いてみたらと返事をした。錦子の親戚が認知症になった妻を介護できなくなって施設に入れたと言ったので、そうするしかないでしょうと答えた。

休みの日の昼食は、たまには外で食べようと錦子を連れ出すこともあった。

並んで歩くと、錦子の背はすこし前かがみになって、運動会のリレーのスタートラインに立って今にも走り出すような姿勢になっている。丸くなった背中を見て、若いときは菊恵と同じくらいの背丈だったのに、いつの間にか菊恵が錦子を見下ろすようになってしまったと思ったときには、広い本通りのスーパーの近くまで来ていた。

突然、隣の錦子が走り出した。転ぶのではないかと思うほど素早く通りを横切り、反対側の歩道を走っていく。何事かと錦子の走る方を見ると、錦子より少し年上に見える白髪の眼鏡をかけた男性が歩いてくる。錦子はその男に体当たりしした。男は一瞬よろけながらも、胸で錦子を受け止めた。「ああ、危ない」とでも言ったのだろうか、男の口から白い歯が見えた。錦子を非難するというのではなく、照れたような笑いを浮かべている目は、菊恵の方に向けられていた。なにか言いたげで、身を預けている錦子のことより、菊恵の反応を気にしている、と菊恵には思えた。

ワイシャツの上のボタンを外して、グレーのズボンを穿き、スニーカーを履いていた。どこかで見たことがあるような気もしたが、はっきりしない。近所の人ではない。錦子が入っているグループの人だろうかと考えてみたが、菊恵は錦子の交友関係などなにも知らないことに気がついた。

それにしても、道で突然出会ったからといって、錦子のあの喜びようはどういうこと！白昼、街頭で、知り合いが見ていたらどう思うだろう。菊恵は男には会釈もしないで突っ立ったまま、二人をじっと見ていた。

その背の高い男を、錦子は顎を突き上げるようにして見上げ、話しかけている。まるで幼稚園児が園長先生に日曜日にお家であった嬉しいことを早く伝えたくて、会えるのをうずうずしながら待っていて、じっとしていられないくらい我慢していたのが、今やっと、堰を切ったように話しかけている。あの嬉しそうにはしゃいでいる錦子の顔は、丸ごと信頼している人にしか見せないものだ。大きな目で男を見つめ、駄々っ子のようにポンポンと両手で男の胸を叩いて、どこに行ってたの、逢いたかったよ、とでも言っているのか。甘えるような、なにか立て続けに話している。菊恵には初めて見る錦子だった。

錦子は菊恵のことなどもう完全に忘れている。食事どころではない。だからといって、どうしたらいいのか。錦子の興奮が収まるまで待つしかないだろう。菊恵が一人食事をしにいくというのもおかしいし。あの男性にお食事、ご一緒にと言うのもおかしいし。

「菊恵、会社を退職してからが人生の本番だからね。しっかりしなさいよ。でも大丈夫。赤ちゃんのとき、菊恵はおしっこを早く言えたから、自信を持ってね。生きていけますよ」

などと、幾つになっても菊恵を子供扱いして説教をする錦子が、今、まるで恋に狂った愛らしい乙女になっている。

錦子は積もる話ができる恋する人ができて、変わった。変われるということを知った。古い下着を捨てて、新しい下着に着替えると、封印していた過去が一瞬遠のいて、かじかんだ錦子が目を覚ましてきた。

休みの日に菊恵が錦子に話しかけると、錦子は「トイレ」と言って、話の途中でも席を立つことが多くなった。いくら待っても戻ってこないので心配になって、もしや倒れているのではとトイレに行ってみると、錦子はいない。玄関から、するりと姿をくらましている。待ってくれているお方と話をする方が、どんなに楽しいか、どんなに哀しいか。泣き笑いの小春日和に、錦子は輝いていた。

菊恵はその夜、藤色の着物を着た錦子が黒電話で話をしている夢を見た。

……桃さん、ごめんなさい。先に来てしまいました。でも嬉しい。あなたに頼まれていた墓石に刻む字を書いてお渡しできたから。何度も何度もお稽古してやっと書けたのよ。綺麗な字だな、と誉めてくださって、わたしが書いた字を指の腹で撫でるようにしてらっしゃった。胸肌を撫でられているようで、温かくて、嬉しかったわ。

あなたに出会って、わたし、光が見えてきました。生きていてよかったと思えるようになりました。もっともっとあなたのお側にいたかったのに。でもあなたが見たいと言ってくださっていた着物がやっと縫い上がって、お披露目できたこと。あなたの好きな藤色の着物姿を綺麗だと言ってくださったときのあなたの嬉しそうなお顔。頑張って縫ったかいがありました。あなたに着ていただく浴衣も間に合いました。着物を縫うなんて、半世紀以上も昔のことなのよ。縫えるかどうか心配でしたが、あなたのところにお嫁に行くつもりで縫いました……

懐かしい声だが、菊恵に話すときのような母親としての凛とした口調ではない。「桃さん」とは初めて聞く名前である。受話器の相手の声は聞こえないが、錦子は話し続けている。

……またドライブに行きたいわ。楽しかった。八十キロ、いやもしかして百キロを越えてたわよ。運転しているとき、あんなにスピードを出すと事故を起こすんじゃなくって。気を付けてくださいよ。でもスリルがあったわ。面白かった！　わたしって、本当はスリルがあるの、大好き！　またドライブしましょうね。運転しているとき、手がしびれるとか言ってたわね。膝に手を置いたら、ズボンの下で少し震えているように思ったんだけど、お医者様に診てもらったのかしら。加齢って？　医者がそう言うの？　それなら大丈夫ね。大したことないってことよ。歳を取れば誰でもどこかおかしくなるものよ。でももっと大きな病院で診てもらった方がいいわね。

八十歳なんて若いわ、大丈夫よ。わたしはちょっと急ぎすぎましたね。ごめんなさい。体だけは気を付けてくださいよ。わたしの分まで生きてもらわないとね！　お願いしますね。

わたしが夫の墓には入らないと決めて、わたしだけの墓を買ったら、桃さんって、僕もそうすると、故郷に新しいお墓を作ることにしたのよね。あなたの新しい墓石に刻む字を、わたしに書いて欲しいと言われて、まさかわたしにと、びっくりしました。ご家族が反対されないかと思ったの。でもあなたがぜひにもと言われたので、書く決心をしました。あなたは「観音さまだね、錦子さんは。なんでも僕の願いをかなえてくれる」とおっしゃって、わたし、嬉しかったです。

あなたに喜んでもらえるように書きたいと、もう徹夜も辞さない連日の練習で頑張って、やっとお渡しできました。それがわたしの最後の仕事になってしまいましたが。えっ、桃さん、もう直ぐこちらに来たいだなんて、駄目、駄目ですよ。そんなこと言わないでください。

あなたの墓石にわたしの字が彫られるということは、わたしはあなたとずーっと一緒に居られるということですよね。そう思うと、もう嬉しくて、嬉しくて。

ああ、そうそう、桃さん、聞いてちょうだい。菊恵ったら、わたしたちのお布団を処分したのよ。それもハサミで切って、燃えるゴミの日に出したの。酷いと思わないこと。許せないわ。嫉妬しているのかしら。あの子は再婚もしないで、仕事人間。化粧もしないで、もう少し女らしくしたらいいのに。これからどうするのかしら、とても心配です……

急に口調が変わって、自分の名前が出てきたので、菊恵は思わず大声を出していた。

えっ、それはびっくりよ、怖いわ。知らない人が家に入ってくるのは。布団は綿も古くなったので、処分しただけよ。

……わたし、体は錆びてきたわね。ポンプも壊れかけ、ひび割れほころびてきたわ。でも心は柔らかくなっていく。だからあなたをもっと知りたい。もっと聞きたい。まだわからないことばかり。新しい世界が見えてくるのよ。綺麗なものを身に付けると楽しくなる。元気が出てくるの……

♪好きな色はピンク。空の青もいいし、燃える若葉も美しい♪　錦子は歌いだした。

さらに上下の淡いピンクのインナーに着替えると、錦子の肌は桜色に染まっていく。いつのまにか、錦子は、ピンクのロングドレスに真珠のネックレスとイヤリングを着けている。

……桃さん、ありがとう。忙しいのに、歌の発表会にようこそ。桃さんが聴きに来てくださると思うだけで、練習、頑張れたわ。桃さん、一緒に歌ってたわね。子供のころを思い出したのかしら。涙、流していたわ。懐かしかったのね。

菊恵は忙しくて、来てくれなかった。休日は寝てるのよ。凝り固まった体を解凍させなくては次の週の仕事に差し障るとかなんとか言うのよ。冷凍鯖だわね、あの子。夜は遅いし、朝は早い。あれじゃ体は壊れるわよ。わたしと歌でも歌えば楽になると思うんだけど。難しい顔をして帰ってきてね。会社の仕事も大切だけど、会社が一生面倒を見てくれるわけではないのに、あの子ったら。

桃さんの笑い顔はわたしの元気の源よ。いつも穏やかで、一緒に居るだけで温かくなれるの。でも、こうしてお話ができるのも、戦争がないからよね。

わたしの弟はね、学徒出陣して亡くなりました。家族のところに帰って来たとき、箱から出てきたのは、石ころ一つと靖国神社の写真一枚と小さな勲章でした。悔しいわ。弟を返して欲しい。いい声をしていたのよ。父にそっくりでした。もうあの声を聞くこともできなくなってしまいました。それでも弟は、長男の役目を果たしましたよ。病死した父親に代わって、戦没者遺族年金で、母親を養っていたのですから。親孝行な弟。夢もいっぱいあったでしょうに、本当に可哀想なことをしました……

錦子は涙声になっている。

……ごめんなさい。楽しい話をしましょうね。電車のアナウンスを聞き間違えて、ホームに降りてしまったのよね、わたしたちは。たまたま同じ電車の隣の席に座っていたのです。まったく知らない者同士でしたが、思わず顔を見合わせて笑いだして、それでお話をするようになったのよね。奇跡というか、神様がくださった男性《ひと》と思っています。桃さんに出会えて、大変だった時代のことを話さなくてもわかってもらえたし、辛いことも嬉しいことも聞いてくださったから、嬉しかったわ。生きてこられました……

朝、菊恵は目を覚まして、真っ先に、文机の黒い電話を見た。寝る前に置かれたところにちゃんとある。動かされた形跡はない。もちろん錦子もいない。夢だったのか。生前、錦子から聞いたこともない話を夢の中で聞かされることになって、まだ菊恵は動揺していた。あまりにも生々しくて、夢か現か、菊恵は重い頭を激しく振っていた。

錦子の笑顔が蘇る。

外出から家に向かっていた菊恵に、着物姿の錦子が玄関のドアの鍵をかけている後ろ姿が目に入った。

白地にエンジの格子が走る着物に紺にピンクの桃の花をあしらった帯と赤い帯締めが、茶髪の錦子のショートカットによく似合っていた。

鍵をかけ終わると、身を起こし一メートルほど離れた門扉の方に向き、左足の草履の先をトンと打ち、身を反らし、微笑んだ。椿色の口元から白い歯がこぼれるように艶やかだった。

菊恵は自分に気が付いて微笑んでくれたと思い、慌てて、「あっ、か、か帰りました」と言おうとした。

錦子は門扉を開けて右に進んだ。バス停に行くなら左に行き、菊恵とばったり顔を合わすことになるところだが、錦子は菊恵には気がつかないようで、角の家まで小走りに行くと、右に曲がって消えてしまった。

菊恵は門扉のところにしばらく立ったまま、錦子の草履が歩いた跡をアスファルトの上に探しながら、道路を目で追った。

葬式に桃さんらしき人の姿はなかった。菊恵は文机の引き出しから、錦子の桃さんに宛てた書きかけの便箋を見つけた。住所や電話番号が書かれたものはなかった。桃さんに錦子のことを伝えたくて、菊恵は思いつく限りの数字を黒電話の穴に人差し指を入れては右下まで回したが、どこにも繋がらなかった。

卓球をする

思いつめた面持ちで、正子は卓球教室のドアを開けた。

動体視力を良くするためである。車の免許は取っていたが、「お前みたいな不器用な者に車の運転はダメだ」と言われて、夫が運転、正子は助手席に座るものと思っていた。ところが、夫の突然の死で、夫に任せておけば何とかなるという生活が狂いだした。一人になって、困ったことがいろいろと出てきた。涙を流すだけ流して、一つ一つ処理していく中で、一人の人間がこの世で生きていくのに、何と多くの人と関係を作っていたことかと驚き、感動もした。

一段落ついたかなと思ったとき、狭い敷地に車が一台、野晒しになったままになっているのに眼がいった。廃車にするしかないと思っていたら、「免許証があるんでしょう。歳を取れば、車があると助かるわよ」と周りから言われて、考えた末、乗ることに決めた。

ペーパードライバーから、奮起して車に乗ってみて驚いた。住宅地域をのろのろと走っているうちはよかったが、広い道路に出てスピードを六十キロも出すと、車が十センチほど浮いて走っているように感じた。タイヤが道路に着いていないのでは……。不気味で、怖かったが、それでもブレーキを踏んでみると、車は止まった。外すと、また、前進した。タイヤがアスファルトの上に密着している証拠と思うが、それでも、宙に浮いて走っているような気がして仕方なかった。六十三歳六か月、まだ老人ではないと思っていた。

「動体視力が弱っているのよ」

胸にしまっておけなくて吐露したとき、いとも簡単に友人から言われた。聞いたこともない言葉、動体視力。「人や物との距離や速度を認識する力」なのだそうだ。無視しているとやがて動体視力は衰えてきて、歩いていても、人や自転車とぶつかったり、転んだりすることが起こるという。そりゃ大変だと慌てたが、球を使うスポーツをすれば、改善されると聞いた。

ピンポン、と閃いた。夫と旅行したとき、旅館にあった。室内でするので、雨の日も風の日でもできる。インターネットで調べてみると、ピンポン教室はなかったが、「卓球教室」は出てきた。球は小さいし、夏はクーラー、冬は暖房があるではないか。バス一本で行ける、自宅から一番近いところを選んだ。

ドアを恐る恐る開けると、数台の卓球台では、黒いショートパンツにカラフルな半袖のシャツを着た中高年の女性が打ち合っていた。一番手前の台では、女性の額に垂れた前髪が濡れている。化粧気のない顔に、眼が鋭い。

壁には焦げ茶色のカーテンが張り巡らされているが、明かりが四角に透けて見えるところは、窓があるのだろう。カーテンの上の壁には、「一球入魂」「切磋琢磨」と毛筆で書かれた大きな布が飾られていた。書いた当初は真っ白であっただろう布が茶色に変色していて、歴史のある教室であると分かった。壁一面に、数えきれないほどの卓球大会の表彰状が貼られている。

何やら場違いのところに来たと思ったが、動体視力のためなら、卓球でも何でも挑戦する。頑張るしかないと、正子は自分に言い聞かせるのだった。


奥の台から五十代半ばと思う男性の声がした。電話で聞いていたコーチの声だ。天然パーマのかかった黒々とした髪の下から、大きな眼が正子を見ていた。

台のところに行くと、石油ストーブが一台あり、炎が不完全燃焼しているのか、少し赤い。床には白や橙色のピンポン球がいくつも転がっており、赤や黒のラバーが貼られた手垢のついたラケットが数本、置いてある。

「どこから来たのですか」

「福西町から来ました」

「どこで練習していたのですか」

住んでいるところを聞かれたと思ったのに、どこに所属して卓球を練習してきたのかと、いきなり卓球の話かと、正子は緊張した。

「卓球をしたことはありません。教えていただけませんか」

コーチはびっくりしたのか、大きく眼を見開いた。この眼なら、動体視力も凄いし、車の運転もスピードを出して走ることができるのだろう。

コーチは正子を台のところに立たせ、そこにあったペンラケットを一本取り上げ、正子に渡した。ラケットは重かった。コーチの球を打ち返すのだが、台から大きく外に出て、天井に向かって飛んでいった。何度かやっているうちに、それでも四回、台に落ちてバウンドして、コーチが腕を大きく伸ばして、打ち返して来た。

「卓球はね、球を台にバウンドさせて、ネットを超えさせる。その球を打ち返す。野球のように空中を飛んで来た球を直接打ち返すものではないんだよ」

それくらいは知っていますよ。ちょっと力を入れすぎただけです、と言い返しはしなかったが、この調子なら、成果が出るのに時間がかかりそうだ。動体視力を高めるには、とにかく、休まないで練習あるのみ、と正子は覚悟するのだった。

台の向こうに立っているコーチが近づいてきて、ひょいと球を投げた。思わず正子は両手を出して取った。

「どうして取れたと思う？」

「見てましたから」

「そう、球は見ているると取れる。十万回打てば、打てるようになるから。目ん玉を動かして、しっかり見て、打つ、見て、打つ、見て、打つ」

今日は一体何回打っただろうか。十万回打ち終わるまで、生きているだろうか。卓球とは何と悠長なスポーツなんだろう。十万回か、途中で投げ出さないようにしないと……動体視力はどうなるのか、不安になってきた正子に、コーチはさらに続けた。

「相手の球が出てくるところが、神殿。神殿から出る球だから、心して、見る。その球がネットを超えてバウンドして来たところを見て、打ち返す」

動体視力を上げるために来たのに、「神殿から出てくる球」を打ち合うとは、新興宗教の教組様なのか。何とも怪しげなところに足を踏み入れたと戸惑いながらも、血が騒いだ。「卓球は腕が強いことが大切と、上半身のスポーツと思っているかもしれないが、下半身が大切なんだよ。腰がしっかりしているから、卓球ができると思うよ」

球を打てない正子を軽く門前払いすると思っていたのに、「腰がしっかりしている」と言う。正子はなぜか、今まで腰痛だけはしたことがない。それを初対面で見抜き、そのことで、正子にも「卓球ができる」と言うのだから、俄然やる気が湧いてきた。

次は卓球をするときの服装である。シャツはいつも試合をしている緊張感を保つために、日本卓球協会のロゴの付いたシャツとショートパンツを着用すること。ソックスは正子が今履いているものを使うつもりだったが、足への衝撃をカバーするため、専用の分厚いものを買うことになった。さらにショートパンツの下に腰から太ももまでをカバーするスパッツの着用は欠かせない。それをコーチはパワーパンツと言った。ただの下着ではなく、力を出してくれるパンツとは縁起がいい。パワーパンツは皮膚の代わりをして、上半身と下半身を繋いで体を守ってくれると言われて、財布から最後のお札が出ていった。

すぐにでも試合に出る選手の格好になったが、ショートパンツから出ている二本の足は、恥ずかしいほど白く、頼りなげでずんぐりしていて、今までスポーツなどしたことがないことを証明していた。

また、教室には同じ姓の人がいるということで、「正子さん」と、名前で呼ばれることになった。もう後には引けない。動体視力を上げるため、体力強化のためにも、続けると誓うのだった。それからマシンから次々飛び出す球を打った。ラケットに球を当てることで精一杯で、何が何だか分からない。身体が熱くなり、汗がどっと出た。

明くる朝、目を覚ましてベッドから下りると、足がガクッときてヨタヨタヨタとなってまっすぐ歩けない。右腕は肩甲骨の辺りまで張っている。生まれて初めてした卓球で足が驚いたとしか考えられない。実際に打った時間は一時間もなかったと思うのに、この様《ざま》ではこれから先どうなるのか。子供がないので、孫もいないから、婆さんにはならないと思っていたが、身体は確実に老いてきている。

まず食事改革。とにかく、朝食にパンと牛乳と目玉焼きでは三時間の練習が保たない。家に帰るなり、空腹でお茶漬けを口に流し込んで一息つく。これではダメだ。

激しい運動に負けないためにも、腹持ちがいい上に、栄養満点という玄米食に代える。大豆や小豆を入れて炊き、でき上がって炊飯器の蓋を開けると、小豆の甘い香りがわっと顔を包む。玄米赤飯が正子の卓球始めを祝い、励ましてくれているようで元気が出た。納豆に青魚の生姜煮、それに野菜をたくさん入れた具沢山の味噌汁にする。

練習から帰るとシャワーを浴びてから、昼食。練習の疲れか睡魔が襲う。お茶やスープがこぼれて服を汚す。一瞬、寝ていたようだ。食べると眠たくなる。まるで赤ん坊、ということで昼寝が日課になってきた。

「二十五歳までに一度は筋肉をつけておくのがいいのよ」教室の先輩に言われた。遥か昔、正子が勤めていた会社の同僚と結婚して専業主婦になったときである。右手に包丁を持ち、いかに速く、いかに美味しい料理を作るかに命を懸けていた。しかし料理で鍛えた右腕や手首の筋肉は、卓球にはまったく通用しなかった。

正子より六歳若いコーチ夫妻は中学から卓球をやってきたと言う。生徒の中には高校で、卓球部だったが、進学や結婚、子育てで中断して、やっと時間が取れるようになって卓球教室に来た人もいた。学生時代はバレーボールをやっていたが、卓球に変更した人、テニスから、バトミントンから、陸上競技からと、体育界系といわれる人々が競っていた。

「卓球しか楽しみがないので」という卓球オタクの中にあって、動体視力を上げたいから卓球をしに来たとは、口が裂けても言えなかった。とにかくやれるところから準備して頑張るしかない。

卓球教室二日目は一週間後、開始時間の九時前に行くが、電気がついてない。正子は電気のスイッチを入れて、コーチを待つことにした。十一月の広い室内は昨夜から人が入ってないので冷え切っている。シャツの下には半袖のアンダーシャツも着てきたのに、あまりの寒さにカーデガンを羽織ることにした。短い卓球用のパンツの下には太股にピッタリ張り付くパワーパンツも着用したが、ソックスとパンツの間の素脚が冷気にさらされたままである。卓球は年がいってやるスポーツではなさそうな気がしてきた。トイレに行きたくなりそうで、さらにトレーパンを穿いた。次々入ってくる生徒は皆、短パンで素脚を出したまま打ち合っている。正子はかじかんだ手に息をかけて、ひたすらコーチを待った。

やがて入ってきたコーチはジャンパーを羽織り、左手をポケットに入れている。

いよいよ正子の卓球の授業開始である。まずフォア打ちの練習では、最初は低いダンボールの箱を裏返して、その上に左手を置いて、コーチが打ってくる球を打ち返した。少し経つと、箱を外して左手を直接台の上に置いて、打った。しばらくすると台の上に左手を置かないで打つように命じられた。

どうしよう、正子は迷った。それでは左手を台のどこに置いたらいいのか。コーチはポケットに左手を入れたまま打っている。正子もトレーパンのポケットに左手を入れて打つ？　というのは、どう考えても失礼な気がして……。意を決して、左手を下げたまま打つことにした。

「左手は上」コーチの罵声が放たれた。

正子は左手を少し上げたり、少し下げたりして打ってみた。そういう繰り返しが何度かあって、コーチの雷が落ちた。

「左手は壁だ！　壁が動くか」

遥か昔、英文学科の大学生だった正子は『マクベス』の中に「森が動く」という言葉があったのを思い出した。森は動いても、卓球では「左手は動かない。壁」なのだ。だから右手のスイングが上手く行くわけか。たしかに、左手が軸となって、右腕は思い切り自由に動く。新しい発見である。卓球には知らないことがまだまだありそうだ。

バック打ちというのも習った。ラケットをほんの少し前に傾けて、球を打ち返す。フォア打ちとは違って、球は台にバウンドしないで直接正子のラッケットに当たって返っていくように見えた。

「バックのときは球が台にバウンドする前、空中にある球を打ち返すのですか？」

コーチはけげんな顔をして答えてくれない。生徒の一人を呼んで、バック打ちをするので、正子にネットのところに移動して、二人の打ち方をよく見るように指示した。

「コーチの打った球は台にバウンドして、ネットを超えてすぐに打ち返されていました。打ち返すのが速かったので、私にはバウンドする前に球が打ち返されたように見えたんですね」

三歳から卓球をやっているというコーチがだるそうな声で言う。

「……眠くなるよ」

「そうですか？　私は打つとき目が覚めますよ」

「そうか、良かったな。正子さんはシアワセだね」

そう言うとコーチはまた球を打ってくる。正子が打ったとき右脚のかかとが上がり、おへその下あたりが一瞬緊張する。声を出して数を数えながら打ち返すが、ラケットの角度が正しいのかどうか、今一つ分からなくなってくる。と声がいつの間にか小さくなってきているのか、「死んでるのか」と怒鳴られ、また正子は大きな声で数を数える。失敗するとまた一からやり直し。これが延々と繰り返される。もう心臓は高鳴り、五十に近づくと破裂しそうになって、ラケットを持つ手が緊張する。

授業が始まって三十分くらいするとやっとラケットが手に馴染んでくるような気がする。集中力が続くかどうか怖ろしくなるのだが、この戦場を何としても乗り切りたい。

しかし十回も続かない。打ちながら、数を数える。声を出して、数を数えながら、ピン球を打つ。三つのことを同時にやる。これが何とも難儀なことで、打つだけに専念させてもらいたいと思うのだが、黙って打ったのではダメだと言う。声を出して数を確認する。しかも同じ速度で打たないといけないとも言う。こんなにたくさんのことを同時にやったことがないので、もう頭はパンパンになってしまい、ラケットを振る腕の方が鈍る。失敗すると、また一からやり直しである。たかが直径四センチほどのピン球が「悔しかったら打ち返してみろ」と吠えてくる。

見かねた女コーチがやって来て、後ろから右腕を摑み、ラケットを一緒になって振ってくれることもある。

左足の位置が可笑しい。右脚が下がりすぎている。ラケットも後ろに引きすぎと、と腕や足首を持って直される。肩の位置も可笑しいと、両肩を持って直される。正子はもう何もかもがメチャクチャなのだと、頭の中は真っ白になって腕も足も動かない。

「どうして打てないの？」

本当に、とつぜん、手も足も動かなくなったのである。だからどうして打てないのか分からない。だから、卓球教室でこうして習っているのに、初心者をそんなに責めないで欲しい。と、正子の口から思いもよらない言葉が漏れた。

「球が来るからです」

「えっ！　何？　それじゃあ、球を打たないから、打ち返してきてよ！」

両サイドの台の人たちも練習を止めて、正子と女コーチを見ているのが視野に入った。素振りでやれと言われても、どのようにラケットを振れば、怖い顔をしている女コーチのところまで、見えない球を送り届けることができるのか、見当もつかない。固まってしまって、息をするのも怖い。しばらく女コーチは正子の返事を待っていたが、黙したまま行ってしまった。気が付くと、教室に残っているのは、正子、ただ一人である。

こういうとき夫がいたら、胸のつかえを話して解放できた。夫も「よし！　今日は外で食べよう、正子の好きなもの何でも注文していいぞ」と笑いながら言ってくれるはずなのだが……。

毎週毎週同じことを繰り返す。五十球打てるまで繰り返す。正子の過去など何も知らない男コーチとのラリーは、正子の凝り固まった身体を有無を言わせず振り払い、叩き出していく。壊れていく身体からうちに隠れている哀しさや苦しみ、ときには喜びの破片までが飛び散っていった。

マシーンから繰り出す球を一人でひたすら打つ練習もあるが、コーチが打ってくれる球を打つ方が打ちやすい。打ちながらコーチのチェックが入り、正子には卓球のことが少しずつ分かってきて、ありがたい。

「百回打てるようになったら、初めて生徒間で練習ができるようになる」

コーチは、いきなり百回は無理だから、まずは五十回。打つたびに声を出して数を数える。声を出して確認しながら打つことが大切なのだそうだ。しかし続かない。二十回を超えて打てるようになっても、五十回近くになると、急に胸がドキドキして打ち損じる。

一から五十まで数えるのがとてつもなく長く感じられる。すると五十から一に向かって数えるように言われる。それでも五十、四十九、四十八と数えるのが正子には難しいと分かると、正子に代わってコーチが数を数えてくれた。

二十八くらいで打ち損なうのは仕方がないとしても、四十九で失敗してまた一からやり直すときは、もう誰を恨んだらいいのか、天井を見上げた。

どうしてもできないときは、コーチが声を出して数を数えてくれて、正子は打つことに専念できて、何とか五十回打てたときもあった。

正子が打ち返せないのは、コーチの打つ球を見ていないからだと言われて、コーチの打つ球を、一、二、三と数えるように、指示された。これはとんでもなく難しかった。初めはコーチの球を数えているのだが、いつの間にか、正子は自分が打つ球を数えていて、コーチを苦笑させてしまった。

数を数える。こんな簡単なことが、いい齢をしてできない。胸が張り裂けそうになるほど緊張する。子供のころ銭湯に行って熱い湯船に肩まで浸かっていると、母から百まで数えるように言われたときでも、こんなに大変ではなかったような気がする。

五十回を打ち終えるまでに何回、一からやり直しをさせられたことか。五十まで数え終えると、この世の一大事を成し遂げた！　という思いで大息をついた。

コーチは平然と言い放つ。

「実力でいえば、小学校一年生だな。子供らは百球を一夏でマスターするよ」

皆は週二回のレッスンだが、正子は本も読みたいし、他にやりたいこともあるし、体力的にも無理と思い、週一回のコースである。

百までは、五十が来るとまた一から五十まで声を出して数えて、合計百とした。それがまたそう簡単には行かなくて、二回目の五十球が曲者で、そう簡単に成功するわけもなかった。

「正子さんは幼稚園児だな。集中していないからだ。ミスをしたら、すみませんと言え！相手に申し訳ないという気持ちがないから、失敗するんだ。次！」

男コーチの「次！」の一言で後ろで待っている人が台に進み出て、打つ。正子はまた列の最後に並ぶ。集中してやっているつもりなのだが、コーチからすると、まるでなってないらしい。この繰り返しで、フォア打ちの練習は続いた。

各人の実力に合わせて、生徒一人一人の打ち方が違う。一番基礎のフォア打ちを練習しているのは、正子だけである。落ちこぼれなのか。いや入学したのがそもそもの間違いだったのか。

それにしても、コーチから同じことを何度も何度も言われている。言われたことはノートに書いているのだが、実践のときは忘れている。今のところ、正子の特技は、すぐ忘れることだ。また同じことをノートに書くしかない。教えてもらっても、少しも身につかない。幼稚園児か、小学一年生の実力だそうだが、せめて義務教育の中学卒業の実力がつくまでは頑張りたい。十万回達成はまだ道、遠しである。

「集中してない。ここに来たら打つ！」

後ろで待っている生徒の声が、正子の耳に入る。

「懐かしいわ。私も何回も何回もやり直しさせられたわ」

「誰の紹介で来たのかしら。初心者を入れるなんて珍しいよね」

紹介者がなければ入学できない教室だったとは！　背中に冷やかな視線を感じながら、耳が引っ張られるような痛みを感じながら、正子は打ち続けた。

球が上手く打てないとき、コーチは「上手く打てた球を憶えておけ」と言うが、次々と来る球を打つのが精一杯で、記憶するなどとてもできない。やがて疲れが出てラケットのグリップを持つ指が緩んできているのか、集中力が欠けてきているのが分かる。

コーチは正子に別の台に移って、一年前に入ってきた松下さんとフォア打ちのラリーをするように命じた。この教室では、実力が一つ上のランクの生徒と打たせてもらえるルールがある。そのたった一歩の前進が、正子にはとてつもなく難しい。

「いつまであんたの相手をさせられるんだろう。私は」

ぼやきたいのは正子の方だが、今は格下である正子のじっと辛抱のときである。上手くなるしかない。松下さんとラリーを続ける。

女コーチが台のところに来て、言う。

「正子さん、ミスだけは松下さんより先にしないと、心に誓いなさい」

松下さんの球は打ちにくい。あっちこっちに球が散る。強かったり弱かったりする。まるでお前は下手と言わんばかりの球が飛んでくる。どうだ、打ち返してみろと、喧嘩を売られているようで、気持ちがざらついて、辛い。

コーチと打っているときは、同じ速さで、正子が打ちやすい強さで、同じところに球が来る。コーチと打っているというより、正子が一人、右腕をスイングすると、ラケットに球が当たって打ち返しているという感じである。

女コーチが台のところに来て大きな声で言う。

「力を入れるんじゃない。意識を入れる。気を入れる。速く打つんじゃない。強く打つんじゃない。ああ、もうそれじゃあ、ピン球で喧嘩をしてるのよ！　喧嘩なら外でしてちょうだい。卓球を楽しむのよ！」

一体何を言われているのか、頭に血が上りせっかくの指摘も意味不明で擦り抜けていく。

帰りの車の中で、正子は「卓球を楽しむ」と言った女コーチの言葉を思い出していた。

卓球をすると、身体が軽くなって気持ちが高揚する。これがたまらなく好きだ。しかしこれが卓球を楽しむ、ということではない、ということくらいは正子にも分かる。どうしたら卓球を楽しめるように打てるのだろうか。

それでも二か月もすると、車で六十キロ出してもタイヤが浮くような感じはなくなった。卓球の威力見たことか！　と興奮した。自分の力で夫の愛車を捨てずに乗り継ぐことができた。独りになって正子が一人で決めて実行したことが、上手くいったのである。そのことで、正子の中の何かが目を覚ました。

正子はいつも一番乗りで卓球教室に行く。しかし対外試合があった週は、試合に出た選手とコーチの話が先で、練習はその後になる。正子は一歩下がって、選手たちとコーチの話を黙って聞く。

「おめでとう、よくやったね」

「よく粘ったよ。でも守りの卓球だから、そこをどうするか、これからの課題だ。もっと相手をよく観察していないとダメだ」

「あんな低い球をどうして打ち返すのよ。ネットにかかるのは決まってるでしょう」

「いや、打てると思ったんです。ツッツキを繰り返されると、イライラしてもう我慢できないんです」

「攻撃型だから、どうにもならんな」

「相手は打たせてミスを誘おうとしているんだから、もう少し辛抱しないと相手の思うツボだろう」

「もう悔しい。ラバーを変えたら勝てる気がします。コーチ、よろしくお願いします。ラバーが命です」

「難しいところだね。まあ考えてみよう」

「サーブミスは絶対してはいけない」

「ジュースでしくじるのは、気力の問題だ。負けて、おめおめと家に帰れるかと思うか、どうかだ。強い気持ちがないとダメだよ」

現役の選手でもある女コーチも本当に嬉しそうに、顔をほころばせている。

「苦労して、苦労して勝ったときは、それは嬉しいわ」

と急に、女コーチの眉間に皺が寄った。

「でも試合に負けると、どんなにぼろくそに言われるか。掃除なんかしてなくても、埃くらいで死んだりはしないと家のことには寛大なんだけど、試合のこととなると、もうしつこく言うのよ。そんな言葉を聞くくらいなら、勝った方が楽だわ」

戦いの場に出た者同士の興奮の輪がしばらく盛り上がる。

正子が今、側に立っていることに誰も気がつく者などいない。十万回打つために頑張っている苦労などは話題にもならないのだ。


教室が終わると、試合に出るようになった島田さんが、正子を食事に誘うようになった。正子とラリーをしている松下さんも加わり、近くの店で、昼食をすることになった。

話すことは、卓球のことばかりである。料理の皿が並んでいるのに、鞄からラケットを取り出して、島田さんが話し出す。

「広い体育館の中で、台の前に立ったとき、頭が真っ白になったわ。試合慣れしないとダメだと分かった。フォアカットサーブはこれでいいのかな？　なかなかできなくてね。試合でサーブを二度も失敗したのよ。サーブを失敗するなんて最低だわ。我ながら情けなかった」

「正子さん、しごかれているね。口は悪いけど、男コーチ、腕は凄いから。怒られるためにここに来ているようなものなのよ。怒られ賃が授業料だからね」

「コーチはまだ優しいよ。女コーチは現役の選手でもあるから、それは厳しいよ。男コーチも若いときはもっときつかったと先輩から聞いたことがあるわ。そんなときは、家に帰って、押し入れに入ってよく泣いたって。コーチは最近、とても甘くなったそうよ」

「あれで甘くなったというの？」

松下さんは信じられないという面持ちで聞き返していた。

「旅行に行くなら、卓球台がある旅館がいいよ。夜でも卓球をやっていいのよ。済んだら温泉に入れるので、身体の疲れも取れるしね」

「そんな旅館があるの？」

島田さんの熱気にあおられて、正子は思わず聞いていた。

「ちゃんとあるのよ。皆、試合には勝ちたいもの。たくさん試合ができるところを探しているよ。卓球を何としても上達させたい。いい景色も見たい。美味しい料理も食べたい。あの世にお金は持っていけないから、生きているうちに好きなことにお金は使うことにしているのよ」

正子にも、そんなに熱中する日が来るのだろうかと、首を傾けていた。

次の週に行くと、もう身体は卓球を忘れている。また同じ間違いをして怒鳴られる。

「北京原人か、正子さんは。猿より下手くそだ」

コーチが、中腰の格好でのそのそ動きながら両腕をあちこちに動かしている。正子のラケットを振る格好を真似ているのか、周りの人は笑っている。

女コーチにも言われてしまった。

「道を歩きながらでも素振りをして、習った球の打ち方を覚えようとしているのよ、先輩たちは」

正子は男コーチから、正しいフォームが今一つ分かってないから、一人で素振りをしないように言われている。

「それでは何を家ではしたらいいのでしょうか」

「数を同じ間隔で、百まで数えること！」

教室で毎回していることである。家ではラケットの素振りをしないで、同じ間隔で百まで数えるだけ。素振りもさせてもらえない正子である。

帰りの車の中で、一、二、三、四と数えて、百まで来るとまた一から同じ間隔で百まで数を数えるのだった。

　正子の卓球については、「眠くなる」とか「眼が腐る」とコーチから言われている。だからコーチの眼が腐る前に、正子は何としてもフォア打ち百回をマスターしたい。

「数を数えることで、呼吸を覚えてくる。数を数えないと呼吸が覚えられないんだよ。ラリーの球数だけ増えても、呼吸を身体に覚えさせなければ、意味がない。呼吸の間が分からなければ意味がないんだ。球の間、間合いを覚えること。それが一番大切なことなんだよ」

　コーチの言葉に、正子は思わず聞いていた。

「でもラリーのときのように、同じリズムの球を返していたら、試合になったら負けませんか」

「相手の間を外せば、負けない。相手のリズムを崩せばいいんだから、まず基本のリズムを覚えることだ。卓球は待ち伏せするスポーツなんだよ。相手の動きを見て待っていたら、自分がどこに打てばいいのか分かるんだ」

　作家の作品には独自の言葉の間合いがあって、言の葉の薫りがしてくるのが、正子には楽しい。

でも卓球になると、ネットを超えてくる球の強さと速さに驚き、脅えてしまって、少しでも早く打ち返すことしか考えてない。相手の球に向き合うこともしないで、台の近くに立って、来る球、来る球を忙しく打ち返すことで精一杯である。

「相手の球が来たら、自分の球にして返せば、自分から崩れることはないよ。相手が八の力で送ってきた球なら、二の球を返せばいいんだ」

卓球は算数だ。八と二を足して十になると、球は行き交う、試合は続く。なるほど、相手の八の力の球に驚いて、自分も負けじと、八の球を返したら、八＋八は十六で、打ち返した球は台の外に大きく出る。ガッチンコ試合、運動会、喧嘩となる。

正子は相手の強く打つ姿勢を見て驚き、相手のペースで打ち返していたのだ。相手の球を自分の球にして返せばいいだけなのに。相手のペースに巻き込まれて、自分のリズムも、間合いも忘れて、相手のきつい球に合わせて、正子もきつい球を相手に返していた。

球を言葉と思えば分かり易い。作中の人物に作家の息を吹き込んで、作家の考えを読者に伝えることができる。行間を読み込む深い作品は、作家独自のリズムや間合いをたしかに持った言葉となって、読者の心に届く。卓球は言葉だ、文学だと思うと、正子はまたファイトが湧いてきた。

「相手が喧嘩を吹っ掛けてきたら、喧嘩をするのか、正子さんは？　喧嘩をしたくなかったら、どうする？　自分の言葉で話すだろう。卓球も同じなんだよ」

自分の言葉を持つことだ。自分の球を持つこと。球は心、言葉だから黙って打っていても、相手の気持ちが伝わってくる。気持ちよく卓球をしたい、話がしたい。そのためには、自分の言葉、自分の球を持つことだ。

しかし実際に打ち出すと、打ったと思ったら、あっという間に返ってくる球に、すぐムキになって、相手のペースで球を返している。

「球は打てば返ってくるってこと、忘れたらダメだぞ。速く打てば、速く返ってくる。遅く打てば、遅く返ってくる。卓球は、投手も捕手も打者も一人でするんだから、よく考えないとな。頭は何のためにあると思う？　考えるためにあるんだよ」

コーチとは会話が成り立たない。コーチの言うとおりだからだ。たしかに、正子の卓球は、一人でラケットを振り回して、一人で疲れている。「恥ずかしくないのか」とコーチの声がする。十万回、十万回と、正子は自分に言い聞かせる。

コーチに「眼、足、手の順番で」と言われても、正子は眼で相手の球を見た後、その球の方向に足を移動しないといけないのに、足が遅れて、足と手が同時に動いている。すると足の移動が遅れた分、球に近づきすぎたり、離れすぎたりして、ちゃんと打ち返すことが難しくなる。

コーチの声が大きくなる。

「何やっているんだ。ドタバタ、ちょこまか。卓球台で、運動会をするな！　ピン球って四センチもあるんだぞ」

見ていないのだ、正子は。肝心なのは相手の球を、球を打ち込む相手のラケットを見ていないのだ。相手の言葉を耳を澄ませて聞いてないのだ。

一秒を切る速さでネットを超えて、こちらにやって来る球。言われて初めて、ああ、そういえば、線に見える。見ることを意識すると、点が、線に見えてくるから不思議だ。意識が大切なんだ。

試合のとき、相手がサーブをするとき、ラケットがどちらを向いているかを見ていれば、球がネットを越えて、自分の台のどこに落ちてくるか分かる、とコーチは言う。

「正子さんは、ラケットを振ること、球を打つことしか頭にないんだよ。見ることを完全に忘れてる。見て、打つ。見て、打つじゃなくって、打つ、打つ、打つ、打つになっているんだ。落ち着いてやればいいんだ！」

コーチの声がまた大きくなる。コーチは指で台を指さし、チョークで台に丸を書いた。

「台のここ、同じところに、同じ速度で打ってくる。その繰り返し」

「それじゃあ、まるで修行ですね」

「そう、修行、修行をするんだよ。勝手に何かしようと思わないこと。正しいリズムで打ち続ける。それを繰り返すんだ」

ノートに聞いたことは書き留めているのに、少しも身体が覚えてくれていない。十万回、十万回。正子は心の中で唱えるのだった。

コーチが打つフォームは美しい。力みがない。そしてゆっくり打っているように見える。いとも簡単に同じところに打ち返してくる。


水分補給の休憩時間になって、女コーチが話し出す。

「新婚のとき、理由は何んだったか忘れたけど、義男さんが怒って、食事のとき、お膳をひっくり返したことがあるのよ。汁は流れる。具も畳に散らばる。ご飯も皿の料理も、部屋中に飛び散ってね。それで、私、義母さんに電話して来てもらって、『これがお宅の息子さんのしたことです』って、見せたんだわ。初めはびっくりしたよ。でも慣れたらどうってことない。結婚なんて、慣れだよ。慣れ。球を打つのも、慣れです。これで行ける、これで打てる、と身体が納得するまでが長いんだけど、でも慣れたら、どうってことない。正子さんはまだ慣れてないのよ。卓球、始めたばかりでしょう」

正子は女コーチの見事な行動に唸った。

これは夫婦喧嘩ではない。上級クラスの選手にしかできない試合だ。

夫は喧嘩を仕掛けてきたのではない。妻に痛いところを突かれて、まともに返事ができなくなって、夫は苦し紛れにカッとなって、お膳ひっくり返しという策戦をトッサに思いついた。でもこの打ち込んできた球は明らかに違反。球の落ちたところ、現場を、妻は義母に電話をして見せて、判定を待った。「これがお宅の息子さんがしたことです」と。

正子にも、夫のどうしても許せなかったことに大騒ぎをして、実家に帰って親にぶちまけたことがあった。男の一過性の熱病だ。お前が騒いでどうする。慌てるな、騒ぐな、お前は一家の女主《おんなあるじ》だろう、と言われたことがあった。

打ち込まれた球は、必ず打ち返す。卓球で鍛えた女コーチの執念というか、根性というか、正子に足りないものだ。腑に落ちないと思うことは日々あるが、波風立てないで行こうと目をつむってしまうときがある。そんな正子が、そのまま卓球に出てしまっている。

弱弱しい正子など見たくない。

「どうして男コーチと結婚したのですか？」と聞いたことがある。

「卓球で勝ちたいからよ。一人でトップになっていく女性もいるけど、私は弱いから、一人では無理だと思ったの」

男コーチは選手を辞めコーチに専念して、それからは二人三脚での卓球人生が始まったという。

一向に上達しない正子だが、卓球を頑張れば、スローでドジな正子にも新しい世界が見えてくるかもしれない。

「暖かくなったら、成長は速い。冬は身体が硬くなっているから、どうしても身体が動かないんだよ。春を楽しみにしていたらいい。上手くなっているのが自分でも見えてくる」

正子もラリーが七十回を越える当たりから、もしかしたら百回もできるかもしれないと思えるようになっていた。


一週間があっという間にやって来て、いつものように一番乗りである。部屋の電気のスイッチを入れる。冷え切った空間はパッと明るくなって、卓球道場に変わる。準備体操を一人でやっていると、生徒が次々に入ってくる。定刻九時に、コーチが入ってきた。

「おはようございます」お互い挨拶を交わす。

「寒いな。もう少しだよ。暖かくなるのも。球をよく見ること。息を整えた呼吸が卓球の極意だから、それを守ること。その練習をずっとやって来たんだから、左手は壁で動かない。それを梃子にして、ラケットはスイングできる。力を入れるのではなくて、気を入れる」

いつもなら、授業の前にコーチが正子にこんな話をすることはない。石油ストーブを点火させたり生徒の注文の品が来たことを告げて、しばらくは会計係をするのだが、今朝のコーチは誰が入ってこようが、正子から眼を離さないで話しかける。正子はラケットを持ったまま、身じろぎもしないで突っ立ったまま動けない。卓球台に行きたいのに、コーチから逃げたいのに動けない。

まつわりつくようなコーチの言葉に、血が背筋から首に伝わって脳天に勢いをつけて上がって来る。

もう一人にして欲しい、と思ったとき、コーチは正子の肩をポンと叩いた。

「よし、行こう」

その声に脳天の重苦しい血が澱が溶けるようにスーと引いた。背筋が伸びて、正子は卓球台に移動していた。コーチの球がネットを越えてやってきた。身体は軽く、腕が自然にスイングしていた。声を出して数を数えながら、球がネットの上を少し丸みを帯びて行き交った。百回超えたが、球はまだ続いている。

百四十五回目の球がネットにかかった。

「おーい、正子さんが百球打ったぞ」

コーチは女コーチのいる方に向かって大声を上げた。

我に返った正子は、コーチが今日を正子の百球ラリー達成の日と決めていたことに気が付いた。三か月が過ぎていた。正子はその心準備もないままに、コーチの魔法にかかり、力むこともなく、卓球に集中でき、自分を超えることができた。

「初心者は今日で終わり！　良かったな」

コーチが嬉しそうに笑っている。笑うこともあるんだ、コーチでも。正子は深々とお辞儀をした。

あの日のことが、ほんの昨日のように思える。練習日を週二回に増やしたが、それからが長かった。

フォア打ちの後はバック打ち、左右に移動しながら、フォア打ちとバック打ち。バックとスマッシュ。ツッツキで切ることもできないと試合はできないと言われて、フォアツッツキの練習。でも試合ではバックツッツキの方が多く使うというので、その練習。その次は、その次は、と言われて練習。課題が出てきて、その都度、まったく新しい打ち方に驚き、戸惑い、怒鳴られて、練習、練習の連続だった。

といっても正子には、そうした練習よりも卓球に耐える基礎体力のなさが問題だった。卓球を始めたころ、体重と身長、体脂肪、筋肉量など簡単な数値から出る身体年齢が、実年齢より劣っていた。ところが卓球を十分もすると全身が燃えるその爽快感と高揚感に助けられて、休むこともなく毎週二回教室に来るのが習慣となっていた。体温も三十六度台に、血圧も三桁の数値が平常値になっていた。

しかしそういうことと、卓球の実力とは比例しない。教える二人のコーチも、入学を許したものの、正子の上達の遅いのには閉口していたはずである。

コーチの毒舌にやられて教室を辞めていく生徒がいることに、正子も気がついていた。コーチは辞めてもらいたい人に直接辞めろとは言わないで、生徒の方から「辞めたい」と言わせるように仕向けて行く。

松下さんは「家の商売が忙しくなったので」と正子に告げて、辞めたが、コーチの言葉に腹を立て辞めたと、何人もの人から聞いた。

集中攻撃は一度に一人というのがコーチのやり方である。ああ、今度はあの人か、いつまで保つだろうか。今日こそ辞めてもらうとコーチが一矢を放つ日は、誰も止められない。コーチの判断ミスではないか、辞めさせない方がいいのにと思うこともあるが、もう固唾を呑んで見守るしかない。

木田さんは猫が大好きで、家で四匹も飼っているのに、野良猫にも餌を与えている。病気になると、「保険がないので、治療費が高いのよ」と言いながらも、手厚く世話をしている。

それを知ったコーチはすかさず、矢を放った。

「猫に金を使う？　バカか！　他に金をかけないといけないことがあるだろうが」

月謝を払ったばかりだったが、木田さんは来なくなった。後日「木田さんが来られませんがどうされたんですか」と聞くと、「ああ、電話があって、ご主人が体調を崩して入院することになったと言っていた」とのこと。女コーチに聞くと、「膝が悪いので卓球はもう限界でしょう」と返ってきた。

生徒が辞めていく確率は、容姿のことを言うときが一番高いと分かった。正子はほうれい線が目立ってきて、目蓋も下がり、ブルドッグに似てきている。そのうちコーチから言われるのも時間の問題と思っていた。

「北国育ちなのに、鼻の穴が大きいな。寒くないか、正子さん」

そう来たか、ブルドッグで攻めてくると思ったのに、鼻の穴とは、思いもよらなかった。

「大きい方がいいんですよ。空気をたくさん吸えるでしょう。息が深くなります。夫は最後、息が浅くなって苦しみました」

コーチは口を真一文字にしたまま、視線を反らした。

自分の意志でやりだした卓球だから、辞めるときも、自分の意志で辞める、と正子は決めている。鼻の穴くらいでは辞められない。たかが卓球、されど卓球だから。

それからどのくらい続いただろうか。結構長かったように思うが、ある日、コーチは言った。

「辞めないんだもの、正子さんは。普通は頭にきて、辞めていくんだよ。今までは皆そうだった。参ったよ。ガッツがあるな。いい根性をしている。相当なもんだ。正子さんが打てるようになったら、僕が本当のコーチになれるということだね」

突然夫を亡くした悲しみと比べれば、コーチの毒舌など何でもない。正子がこれから先どう生きていくか、卓球が何か応えてくれるような気がする。卓球が良き友になってくれるかもしれないと思うのだった。


相変わらずコーチに怒鳴られていた正子に、女コーチが言った。

「いつまでもラリーでいいの。試合くらいしたいでしょう。試合をしたら勝ちたいでしょう。仲間内で試合をしているだけでは上達しない。他流試合に出ないと上達しないよ」

たまたま来ていた先日の市の試合に出ていた上級クラスの二人の選手に声をかけた。

「正子さんと三人で打って！　フォア、フォア、フォア、スマッシュ！」

女コーチは矢継ぎ早に三か所に速い球を打ってきた。

「これが試合のときの球のスピード。球を見て、考えて打っている限り、試合には勝てない。野生の動物の感を働かせて瞬時に打ち返す」

「正子さん、バックスイングが上手くできていたから、打点が低くなってる。スマッシュがちゃんと打ててるじゃない。この速さで動けているから試合には出られるわよ。何も考えなくていいのよ。身体が動いてる。自然に腕がスイングしてるわよ」

三か所のフットワークは気持ちが良かった。あの速さで打つと、何も考える余裕などなかった。正子はアフリカの草原で獲物を見つけてダッシュする豹になっていた。二か所のフットワークは何度もしたことがあるが、三か所でしかも、あんなに速い球は初めてで、見て、打つ、見て、打つというのが少し身体で分かってきた。またできるか、それは分からないが、何の保証もないが、次はできる、練習をすればできると身体が言う。身体がどこまで保つか分からないけれど。

七年目に入ったとき、コーチから市の試合に出てみないかと言われた。負けにいくようなもので、出る気がしなかったが、「経験として一度出てみたら面白いよ」先輩の言葉に、「面白いなら出てみようか」と心が動いた。ダブルスの試合ではなく、一人参加なので気が楽だった。

ゼッケンを背中に付けて会場の市の体育館に出かけた。来た球を打ち返すことが精一杯で、何をどうすればいいのか、分からないままに、第一試合は負けた。

二回目の試合をするため台の前に行ったとき、とつぜんそれは起こった。周囲の視野が閉ざされたのだった。台の真向かいに立つ選手と、点数表を手にしている審判員しか見えなかった。前方に見えていた応援団、床に座って試合を観ていた人たちの姿も視野から消えた。体育館に木霊していた騒音も消えた。眼や耳に何か異変が起こったのかもしれないと思ったが、どうすることもできない。正子は台の前にラケットを持って立った。

試合が始まった。身体は軽かった。相手の球がネットにかかった。「何で？」という難しい顔をしたのが見えた。またサーブをしてラリーが続き、また彼女の球がネットにかかった。「あ、ダメ。どうして」と小さくつぶやいた声がはっきりと聞こえた。静まり返った会場に、彼女の声だけが木霊した。彼女の顔がますます苦しそうに歪んだ。舌で上唇をなめた。下唇を噛んだ。

サーブが彼女の番になった。これで勝負が決まる。下切りのサーブがラケットから打ち出された。ネットを超え、正子の台に入った球をバック打ちで思い切り打ち、右腕が大きく開いた。ピン球が台の上で渦巻いている。彼女は打ち返せなかった。審判員が右手を上げて、正子の勝利を示した。

勝った！　と思った瞬間、正子の頭から、胸から、背中から大汗が流れ出した。顔が火照り、赤ら顔になっていくのが分かった。我に返った途端、体育館が大音響をたてた。心臓がドクドクと脈打ち飛び出すのではないかと、慌てて両手で胸を押さえた。へたり込みそうになって、身体を支えるのが精一杯だった。

次の三回戦、そして四回戦をどう戦ったのか憶えていない。試合の最中、ずっと大汗が身体を流れ、騒音の中で叩きつけるような球の雨に合って、正子は負けた。

あの一勝は奇跡としか思えない。ただ眼前に相手しか見えなかった。相手の息づかいしか聞こえなかった。あの瞬間、もしあれを集中というなら、教室の練習や試合は集中などしてなかったことになる。

集中しようと努力したわけではなかった。すっと台の前に行ったとき、身体から力みや緊張が消え、ただひたすら来た球を打ち返していた。眼と手と足が自然に動いていた。教室ではしたことのない体験だった。

十年目にして最も正子が成長したと思えることは、コーチの言うことを記憶できるようになったことだろうか。

初めのころは、注意されると、「ハイ、分かりました。でももっと早く言ってくださるとよかったのに」と返事をして、「何が初めてだ！　何度も注意している！　認知症になったか？」「正子さん、ちゃんと言いましたよ！」と怒鳴られても、そうかな？　いつ言われたんだろうと、本気でコーチの方が間違っていると思っていた。そのうち、「そういえば前に聞いたことがあるかも……」と思えるようになった。怖い顔をされたのは憶えているが、肝心の何を注意されたのか、どう直したらいいのか、思い出さなかった。それでも卓球をしていると思っていた。いい気な生徒だったのだと、今になって思う。

「これは前にも注意された。ぜったい、前に聞いた！」と、はっきり分かるようになったのは、卓球が楽しくなったころからだろうか。初め幼稚園児の実力だったが、希望としては、いつまで体力、気力が続くか分からないが、中学生卒業の力をつけるまで頑張りたい気持ちは今も変わらない。

女コーチが正子が練習試合をしている台にやって来て、言った。

「目標を持つことは上達の近道よ。次の試合に出るよね。来た球を打ち返すだけではダメ。そういう消極的なことだけでは勝てない。試合には戦術とそれに見合った技術がいるのよ。技術だけでも、戦術だけでも勝てません。相手に合わせて戦術を考えていかないとね。技術もないのに、いくら高等な戦術を使っても、どうにもならないし。それは歴史上の合戦でも分かるでしょう。

今、正子さんがやっている試合では、正子さんの戦術が間違っているのよ。相手が攻撃を仕掛けるタイプだから、小さい球で、攻撃されにくいところに小さい球を送ること。裏をかかないとね。心理作戦をしないとダメよ。そしてそれを楽しむのよ。いい意味の詐欺師にならないといけないわ。人がいいのは、試合では通用しないのよ。いくら実力が下でも、戦術が優れていれば勝てる。相手の弱点を見抜いて、自分の得意なもので攻めていけばいいのよ」

練習が終わり、車の運転席に座った正子は、自分の卓球はまだ進化できるような気がしていた。

「次の市の卓球協会の大会に出てみようかな」と呟いていた。と、間髪入れず、

「お前ならできるよ！　応援に行くぞ」

まぎれもなく夫の声。何年も聞いてなかった夫の声だ。

ペーターさんの手紙

一九八四年十二月、郵便受けに当時西ドイツのケルンからの手紙を見つけて、倫子《りんこ》はあっと声を上げた。八月、生まれて初めて海外一人旅を四十二歳でしたのだが、そのとき出会った人からのものだった。帰ってから忙しくしていたので、名前も忘れていて、クリスマスカードも出してなかった。

当時倫子は一年ほど続いていたジンマシンに苦しんでいて、医者からは「もう薬では治りませんね。遊んでください」と言われて、どうしたものか途方に暮れていた。離婚して独り身なのでなにをするのも自由だが、なにをしたら「遊べる」のか、思いもつかない。ジンマシンがこれ以上悪くならないで治る「遊び」とはなにか。ジンマシンが全身に出て火照る体で考えぬいた結論は、この地を離れること。仕事を辞めて、日本からも離れてみる。大きく出たが、金力も人脈もないので、一週間か十日、海外一人旅をしてはどうかというところで落ち着いた。

勤めていたホテルを辞める。新しい仕事は旅から帰って探す。まずジンマシンを治す。元気になれば、救う神もどこかにいる、はずだ。大決断だが、なんとかなる、と自分に言い聞かせた。遊ぶのにいい国はどこにあるのか。英語ならなんとかなる、かもしれない、が言葉の通じない国で苦労するのもショック療法でジンマシンに効くような気がする。

イギリスでは空港にバッグが届いてなくて、観光をしている間にホテルに荷物が届くと説明されて驚いたが、信じるしかない。観光を済ませてホテルに着いて部屋を開けると、トランクが届いていた。手荒い歓迎で始まった旅だが、度胸は付いた。薬を飲むのも忘れていたが、ジンマシンは出てこない。イギリスのあと、ヨーロッパに行く。汽車でドーヴァー海峡を渡り、ヨーロッパに入り、オランダを見てから、また汽車に乗ってヨーロッパを楽しみ、最後は、スイスから空路帰国することにした。

ヨーロッパ大陸に入ると、車内の車掌のアナウンスも英語が二番目になった。乗客に話しかけても「英語は苦手」と小声で言う人も出てきて、倫子はいよいよヨーロッパに来たという実感を強くした。次々と変わる車窓の光景に魅了されて、このまま乗っていればスイスに着き、日本に帰る飛行機が待っている。ジンマシンが治って無事に日本に着けば、また働けると元気が湧いてきた。電話も鳴らないし、上司の忙しい指示や書類の催促もなくて過ぎていくゆるりとした時間の中に身を任せて、リラックスした気分になっていた。

と、突然、二本の高い尖塔が目に飛び込んできた。思わず立ち上がって、巨大な建物がなになのかもわからないままに、倫子は汽車を下りていた。ドイツ、正確にいうと一九九〇年西ドイツと東ドイツが統合してドイツ連邦共和国になる六年前のことだから、西ドイツ、ケルンの大聖堂だった。ケルン駅の前にある大聖堂に入ると、溢れる観光客である。ガイドブックに五〇九段あると書いている階段を上りながら声を出して数えているのが木霊している。中国語？　フランス語？　スペイン語？　英語？　などと観光客に聞いてみると、皆、笑顔で応えてくれた。

興奮冷めやらないままに外に出ると、貧しい子への援助を呼びかけている男性の英語が聞こえてきた。英語はやっぱりいい。意味がわかるからと、倫子は男性の足元の小さな箱にお札を入れていた。異国でいいことをしたと思うと肩の力も抜けて、急に空腹を感じた。駅前のカフェを探そうと一巡してみると、先ほどの男性はもういなかった。近くにいた中年の女性に聞いてみる。

「お金が欲しくて、募金を呼びかけていたのよ。今頃は集めた金で昼飯を食べてるんじゃないの。観光客は騙されて気前よくお金を出すのよ。悪い奴だわ」

倫子はまんまと騙されたことに初めて気が付いた。ここは日本ではない。気をつけなければと鞄を強く抱きしめたが、もう遅い。旅に出る前に、友達から外国では四つの目がいる。常に注意すること。ネックレスなど高価とみれば、手を伸ばして首から引きちぎって奪うこともあるというのが外国よと、怖ろしい話をたくさん教わってきたのに、寄付と見せかけて金を奪うとは、考えてもみなかった……。

悔やんでも仕方がない。気持ちを立て直そうと、カフェを探すことにした。ガイドブックに写真が載っていた店の外にたくさんのテーブルが出ている店に入った。

食べていると、中年男女の二人連れが近づいてきて、男性の方が綺麗なイギリス英語で、「ご一緒してもいいですか」と声をかけてきた。詐欺師だ、気をつけろと下腹に力を入れた。周りに空いたテーブルがあるのにどうして倫子のテーブルに来るのか。怪しい男女組と身構えた。なにが目的なのか、恐怖心も手伝ってどうしたものかと思っているのに、左手が自然に出ていて、どうぞと、座るような仕草になっていた。落ち着いて！　思っていることとやってることが違う。それでも、一体この二人何者かと思う気持ちが勝って、いきなり聞いていた。

「仕事は？」

「ポリースマン」

すぐ返ってきて、驚いた。

「昼間は仕事ではないのですか」

「今日は非番で夫婦で街に出てきました」

出合い頭に、初めて会った人に職業を聞くというのも失礼なことで、倫子が尋問しているような緊迫した雰囲気になって、当然、倫子にも同じ質問が返ってきた。

倫子はなんと応えたらいいのか。元主婦、今無職と正直に答えても、警察官相手では話がややこしくなる。一瞬迷ったが、「英語の教師」と答えておくことにした。ばれたらどうしようと思ったが、幸い相手はなにも言ってこない。倫子に声をかけたのは警察官の直感で、黄色人種、日本人、小柄な中年女、一人で食べている姿が異様に映ったに違いない。当時の日本なら、女の一人旅は自殺でもするのではないかと怪しまれることもあったのだから、ここ西欧でも、なにか問題があるのではないかと倫子を疑ってのことだろう。

しかし目の前の中年の男性は終始穏やかで、とても警察官とは思えなかった。横に立つ女性も気さくで、「フランス語ならもっと上手に話せるんだけど」と言いながら時々夫が通訳を買って出て、話は続いた。ドイツでも女性が働くことがどんなに大変なことか話してくれた。倫子と同じソーセージとポテトを頼んで食べている。

「私もグラフィックデザイナーの仕事をしたかったんだけど、子育てが精一杯でね。仕事、大変と思うけど、続けてください」と優しい言葉をかけてくれた。

夫の方は美味しそうにビールを飲んでいるのを見て、倫子はこの人、大酒飲みだと直感した。

「酔いつぶれたことはありますか」

「あります。父親譲りです」と笑っていた。

この話しぶり、気取ることもなく、女性にモテただろう。奥様を泣かせるようなこともあったに違いない。倫子の夫もこんな風に女性と話をしていたのだろうか。目の前の警察官が別れた夫と重なって、またも倫子は身を硬くした。夫妻は息子が琵琶を弾くので、日本のことに強い関心を持っていると話してくれた。書道など日本文化について、倫子も話した。よく笑い、よく喋った。

やがて、汽車の時間が来たので別れを告げると、名前と住所と電話番号を書いた紙を渡して、倫子にも教えて欲しいと言ったので、同じように書いて渡した。警察官と聞いて初めはとても緊張したが、倫子はとても和んで、外国人と話しているというのも忘れていた。一時間ほど話しただろうか。日本での目を吊り上げてやりあった夫や姑との日々が遠ざかっていた。体調を崩した倫子の再起をかけたヨーロッパ旅行。ケルンの夫婦が魔法をかけてくれたのかもしれない。ジンマシンは日本に帰ってからも姿を現さなかった。友人を訪ねたり、職業安定所に行ったり忙しい日々を過ごして、英語塾に勤めることができた。

その年の十二月に入るとすぐに、クリスマスカードが届いた。大聖堂の写真がカラーで印刷されたものに万年筆で今はもう珍しい筆記体の英語が書かれていて、最後にペーターアンド　マリア　シュミットとサインがあった。

――三人でお話しできて楽しかったです。新しい年がご家族の皆様にとって良き年でありますように。――

こうして始まったカードの交換は、翌年から、ペーターさん一人のサインの入ったカードになった。十二月に入ると、英語塾は近づく大学入試のための戦闘態勢でそれどころではなかったが、倫子はクリスマスに間に合うように、ペーターさんに合わせて筆記体で書いた。あの気持ちのいい昼食の時間の続きがカードでできるというのは嬉しかった。旅先で会った人とまた元気で一年を過ごし、クリスマスや新年の挨拶を交わす。こんなことは倫子にとって初めてのことで、ワクワクする時間となった。

ケルンは北海道よりさらに北の方に位置する。倫子は寒がりで北国に住んだことがないが、好奇心が湧いて、ペーターさんに、自宅から見える光景と一番好きな季節を教えて欲しいと書いて送った。次の年のクリスマスカードには長い返事が来た。こういうときは、カードと、便箋に書かれてくる。

――ケルンの冬は日差しが弱く、空はグレーでほとんど雪が降りません。降っても凍ることが多いのです。積もってもスコップで取り除けます。街路樹のプラタナスの木の葉がすべて落ちても、ピンポン玉くらいの実は木に付いていることがあります。冬になると鉄の錆びた色というか、黒というか、灰色といったらいいのか、地面に落ちています。

街路樹には白樺もあります。緑豊かだった葉は枯れ始めると色が抜け、縮み、やがてはすべて落ちていきますが、幹や細い枝は白いままに浮き立ち、恐ろしいくらい異様な雰囲気を見せてきます。

私はどの季節も好きですが、九月、十月の後に続く晩秋、十一月から十二月が一番好きなので、他の国の秋も見たくて旅に出たいと思います。今までイギリス、スコットランド、イタリア、フランス、オランダ、スイス、エジプト、モロッコに行きました。

——

ヨーロッパに住んでいれば地続きに行ける国かもしれないが、倫子には、大旅行をしているようで、書いている光景に興奮した。行ったことのない国ばかりだから、世界地図を広げて、一緒に旅行をしている気分になっていく。

それにしてもケルンの夏はなんと清々しかったことか。冬になるとこんなにも寒い凍り付くような街になっているとは想像もしてなかった。外出して足を止め、地面に落ちたプラタナスの実の朽ちていく匂いや色の変化を楽しんでいるペーターさん夫妻を想像する。倫子が冬、信州にスキー旅行をしたときの光景を思い出して、ペーターさんの手紙を読み込んでいく。

ペーターさんの好きなものを見る目は繊細で優しい。白樺も全て葉を落として、白い幹と細い枝だけになって寒空に揺れている様《さま》は、まるで骸骨かと思うほどやせ細った人間がふらふらと彷徨い歩いているように見える。ケルンの晩秋、最後の命の輝きを示して凍り付く厳冬に耐え抜く姿は、人の一生とも重なって、北国の人の覚悟のようなものが、倫子には感じられる。

ケルンの八月のあの涼やかな風を満喫したとき、想像すらできなかった光景である。凍り付くような硬質な光景は、ペーターさんの警察でのタフな仕事とも重なって想像するのだった。

思わず焼餅を入れた温かいぜんざいを届けてあげたいと思うが、倫子にできることは、住んでいる片田舎で、倫子が一番好きな光景、冬が終わり、三月末から四月初めの桜のころを紹介するしかない。家の側に並ぶ七本の桜が満開のとき、風で花びらが乱舞する光景を窓から見ているだけでは気持ちが収まらなくて、通りまで出ていく。両手を高く大きく広げて、桜色に染まる景色を独り占めして抱きしめたい衝動に駆られる。写真ではなく、言葉で描いて贈る、倫子からのささやかなクリスマスプレゼントである。

——ケルンでは出会えない光景ですね。なんと素晴らしい春を楽しんでおいででしょう。いつの日か、桜並木の下に立って、花吹雪に染まりたいものです。——

ペーターさんからの返事が一年ぶりに来た。倫子は桜の花びらを押し花にして、来年のクリスマスに送ろうと思っている。ゆったりと流れるこうした時間、二人の言葉のキャッチボールは、忙しく毎日が過ぎていく倫子を温かく包んでくれた。

ペーターさんは楽しい話しか書いてこない。犯罪、取り締まり、逮捕、起訴、不起訴、裁判と、新聞やテレビで知った生齧りの言葉が、倫子の頭の中で飛び交うが、クリスマスカードにペーターさんが語ることはない。といっても、ケルンで会ったペーターさんが本当の警察官であると思っているのは、彼が「ポリースマン」と言ったからである。倫子が勝手に考えている現役の警察官、ごつい体で犯人を追いかける眼球も鋭い男性とはおよそかけ離れていた。白いワイシャツにノーネクタイ、薄いグレーのだぶだぶのズボン。普段着の痩せた中年男だった。

倫子の方も、就職した英語塾の教員間の難しい内情などなにもペーターさんに語っていない。別に隠すつもりもないが、偶然出会って、夫婦と楽しく語らい、食事をしたあの夏の日のことだけが確かなことで、鮮明に思い出すだけでも夢のような時間だった。

ペーターさんと殺人事件というのはなんとなく似合わないと、倫子は勝手に思っている。

ホワイトカラーの知能犯、詐欺容疑のような事件を担当しているのではないだろうか。どう日々の厳しい仕事を乗り切っているのだろうかと思うときがある。
第二次大戦では、ドイツは一九四五年無条件降伏して東西に分断された。そしてベルリンの壁が崩壊された翌年、一九九〇年（平成二年）、東西両ドイツは再統一された。こんな現代史の大事件の起こった国で、ペーターさんは一体どうしているのだろう。文通も六年目に入って、クリスマスカードで尋ねてみた。

――多くのドイツ国民と共に、統合を喜んでいます。分断はドイツの歴史における負の遺産でしかありませんでしたから。でも壁がなくなったからといって、ケルンでの私の仕事に変わりはありません。統合の余波として、ネオナチのような右派勢力が一時勢いを持ってきました。チョコレートやクッキーを親戚がいる東に送っても届かないという市民の声が聞こえてきます。妻はもう東に送るのは止める。また旧東ドイツに行ってみたいとも思わないと言っています。――

ペーターさんは戦前の生まれで、終戦のときに八歳である。子供ながら、日本式に言えば、「欲しがりません。勝つまでは」を目と耳で、体で体験を強いられた世代である。「親に連れられて疎開したところは、今はドイツの領土ではありません。警察官になることを決めたのも、国を守りたかったからです」と書いてあった。

同じ敗戦国に生まれても、倫子は戦中に生まれて、終戦のときはまだ三歳で、戦争の記憶はない。疎開した地の記憶も、焼け野原になった町の光景も、親や学校、本で教わったものである。ペーターさんは、倫子には想像もつかないほど厳しい戦後の混乱期を過ごしたことが考えられる。

倫子はケルンから帰り、教師として新しい働き口を見つけたときから、なんとか生きていけるかもしれないと思えるようになった。ジンマシンがなければペーターさんにも会えなかったわけで、なにが幸いするわからない人生の不思議を思うのだった。

生徒を教えることや、放課後に生徒の質問や相談に乗ることには、自分でも驚くほど深く関われて充実した時間を持つことができていた。ただ同僚との付き合いは、難しかった。就職した年、一九八五年（昭和六十年）の五月に男女雇用機会均等法ができたが（翌年施行）教員間の会議では生徒の学力向上の議題を語っても、女性教員には、それ以上に、お茶くみやその他の雑用は女子のすることになっていた。昇給や昇格にも男女の差があった。どこに行っても戦いは続くものだと、倫子は改めて思い知った。

「私立だからまだマシよ。夫が国立病院の事務員をしているけど、上司は踏ん反り返っていると言ってたわ」と、同僚の女の先生に言われた。

学歴など、言う奴には言わせておく。ないものはない。そういうものが自分には足りないだけだ。そういうものが武器になると考えている者とは違うやり方で、倫子らしい仕事をすればいい。手抜きをしないで、自分の個性を出して、怠りなく全うする。

同僚とのチームプレーが大切でどう同僚と和して仕事をやっていくか、それが大問題。女だからと押し付けられる仕事があるが、同僚の嫌がらせに負けて仕事を辞めるというようなことだけは絶対したくない。自分の意志で事を決めていくことと、心に言い聞かせた。

気持ちがふさいできたら、ケルンを思い出そう。あの気持ちのいい空、ペーターさん夫妻を。もっと広いもっと自由な世界があることを忘れないでおこう。

ケルンから七年目、前の職場の同僚から結婚話が出てきたが、仕事を続けていくことを選んだ。

同じころ、大腸検査で見つかったポリープ切除の手術を、全身麻酔ですることになった。

ポリープの結果が陽性か陰性など心配事が出てきたが、もともと弱い体でいまさらどうにもなるものではないと強がってみたが、内心身の置き場がなかった。それでも周りに弱音を吐くことだけは嫌だった。

主治医は寝てばかりしていると足が弱るから院の中を歩くように言う。ゆっくり廊下を歩いていると、自分一人が世の中の不幸を背負い込んでいると思い込んでいたが、この病棟の者皆が病人で苦しんでいると気が付いた。病院の窓から晴れ上がった空を眺めていると、急にペーターさんに手紙を書きたくなった。心配させるようなことは書かないと決めていたのに、気がついたら、持ってきていた便箋に書いてポストに入れていた。ペーターさんとの便りはクリスマスに一回だけと決めていたルールが、初めて崩れた。

返事が来て、ペーターさんには喘息の持病があることを初めて知った。辛いこと、言いたくなかったことを言わせてしまって申しわけないと思ったが、ペーターさんがずっと身近に感じられるようになった。ペーターさん、あの日ケルンのカフェでは、美味しそうにビールを飲んでいたから、まさかそんな辛いことがあったとは思いもしなかった。ケルンで見たペーターさんのスマートな体は、実は常飲してきたきつい薬の副作用によるものだとわかった。もっときつい薬を飲んだら命の危機にもかかわると、医者から言われたこともあったそうだ。

――妻が私の咳き込むのを毎日聞いていると、胃痙攣が起きると言いますし、心配で夜も眠れなくなるということで、妻も薬を飲むようになりました。このままなら、妻もダメになると、息子が外に部屋を借りてきて、乗り切りました。――

奥様のマリアは、朝が来ると夫や子供達の食事を作るために自宅に戻ってくる。夫や子供を送り出し、いつもの掃除や洗濯など家事も済ませる。夕食を食べさせ、夜は息子達が眠り、ペーターさんも寝たのを確かめてから、また一人、眠るために借りたアパートに帰っていく。

あのとき、奥様がグラフィックデザイナーの仕事ができなかったと言ったのは、ペーターさんの看病もあったのだとわかった。

倫子はすぐ手紙を書いた。

――ペーター家に嬉しいことがあったとき、どんなお酒で乾杯しますか。ドイツだからビールですか。――

ペーターさんからすぐに返事が返ってきた。

――我が家ではフランスのブルターニュ産のカシス酒が一番好きで、白葡萄酒でカクテルにします。グラスに注ぐと、薄い赤というか橙色がかった酒が輝いて、それは奇麗です。――

息子さんは奮発して高価なシャンペンを買い求め、カシス酒のカクテルを作り、危機を乗り越えた両親の新たな門出を祝福した。夫婦の失われた時間を取り戻すかのように、それから二人はいつも一緒にいて、いつも同じことをしたがって、息子さんに、まるで新婚さんだねと、苦笑されたとか。

旅好きなペーターさんが快気祝いに選んだ場所は、二人が一番好きなところに出かけること。ペーターさんは仕事柄、スピードが出るものが大好きだ。職場で鍛えた腕は、家に帰っても、車でも、ドでかいオートバイでも乗りこなす。奥様を車の助手席に乗せて、ペーターさんはアクセルを力強く踏み込む。何度も行っているお気に入りのフランスはブルターニュ。「一目惚れをしました」と、ペーターさんが興奮して紹介している。

――フランスの最西にあり、英仏海峡と大西洋に突き出た半島です。手が加えられていない自然のままにあるエメラルド色の海岸、ピンクの花崗岩の海岸、険しい断崖が連なる海岸と緑の島が点在する。荒々しい波が縁取る海岸線。いつまで眺めていても見飽きないですね。

一番寒い十二月でも十一度くらい、夏も二十度と過ごしやすい。この世の天国です。石作りの教会も家も古いまま、長い年月の中で、渋い色合いを出してきています。住民は特異な地方文化を大切に守り、伝えています。ここに生まれ、ここに住んで一生を終える農民や漁民の人々と話をしたいので、フランス語の勉強もかなり頑張りました。

人生最後の旅にと言われたら、迷わずここに決めています。――

ゴーギャンがタヒチの女性を描く前に、ブルターニュの女性を描いたことでも知られているところでもある。

二人の共通の趣味である旅行で、初めて二人で訪れて気に入った。それ以来、土地の人からは、ブルターニュの市民だと言われるほど頻繁に訪れていた。ペーターさんは警察官として、市民生活の安全に役立つことなども助言してきたという。やがて当地の画家とも親しくなって、息子のウルスも加わり家族ぐるみで訪ねる大切なところになった。

一目惚れして結婚した女性と一目惚れしたところに出かける。人生の再出発の旅にはこれに勝るものはない。二人にとって、まるで母の懐に入るような安らぎの場所である。行きたいところに行く。話したい人と話す。生きているって本当に楽しい。人生は楽しくありたいから。これがペーターさんの自分を守る、ぶれない生き方である。大自然の美しさ、厳しさに触れて自分を知り、自分を取り戻しては、また仕事に出かける。繊細で線が細そうに見えても、ペーターさんはしぶとく、輝いている。そして倫子にも聞いてきた。

——倫子さんが魅了されて、恋に落ちたと言える場所がありますか。——

ペーターさんはこういう質問で、倫子に切り込んでくる。倫子のブルターニュはどこか、と聞いているのだ。倫子は考え込んだ。恋に落ちた男とは離婚したし、倫子は、恋をするほどの土地や人に出会ってないのではないか。

そこに身を置くだけで満たされて、苦しかったこともなにもかも忘れてしまい、時の過ぎるのも忘れてしまうほど身も心も預けてしまう。新しい自分に出会える限りなく広い場所はどこか。倫子が自由になれるところは……。考えても、考えても思い浮かばない。だが恋に落ちたと言えるものならある。

ペーターさんも好きになってくれるだろうか、倫子のブルターニュを。

書道である。ケルンから帰ってから、仕事以外になにか始めたいと思った。思い浮かんだのが、ケルンのカフェで、ペーター夫妻の話にも出た書道である。

部屋を整える。整頓された机の上の硯に向かい墨を擦る。墨の芳ばしい香りを胸いっぱい吸い込むと、心が静まる。倫子の今日一日の始まりである。墨を擦りながら今日はどう書くか、昨日のあの部分をどう直していこうか。作品創りに思いを巡らす。

幅二尺（約六十センチ）長さ八尺（約二メートル四十センチ）の和紙を横に向けて広げ、一気に書いていく。今日はよく筆が走る。何枚か作品を書き終えて、作品を比べてみる。まあまあの出来か。この調子で締め切りまで頑張ろう。

練習した中から一枚を取り、折りたたんで封筒に入れる。短歌の意味も書いて、ペーターさんに送る。

――素晴らしい！　字のラインが実に美しい。きっと素晴らしい賞をいただける日が来ること、間違いありません。頑張ってください。そのときは、かならず観に行きます。

――

ペーターさんが観に来てくれたら、まずはソーセージとポテトとビールで乾杯したい。夢が叶いますように。

倫子は持ち家については随分と考えてきた。高い買い物だから賃貸しのアパートが精一杯と考えていたが、好きなように家を利用できると女友達がしきりに勧めるので、思い切って、中古の平屋を購入した。ローンが終わるまで頑張って働こうと目標が一つ増えた。将来は家で書道教室を開くこともできると胸が躍った。

狭いが敷地の隅にミニ畑を作って、季節の野菜を少し植えることもできた。種から植えた野菜が針の先ほどの芽を出してきたのを見付けたとき、思わず歓声が上がった。点のような小さな命が大きくなって二葉になって、さらに温かい土の中で成長していく。土の中から小さな虫も姿を現し、時間が確実に動いているのを実感する。

ペーターさんと出会って十一年目、一九九五年（平成七年）一月十七日、阪神淡路大震災が起きた。本立ての本が棚から床にすべてばらばらになって落ちて、倫子の腰の高さに積もって部屋中に埃の臭いがした。食器棚の両開き扉が全開して中の食器が木っ端微塵に割れて、食器の形を残してなかった。しばらく唖然として見ていたが、掃除機で吸い取った。生まれて初めて、地震の凄さ、恐ろしさを体感した。後始末は長い日数に渡ったが、家はなんとか持ち応えた。

その年のクリスマスカードに、倫子は元気でいることを知らせた。ペーターさんからも十二月になるとすぐカードが届いた。

——ケルンでも大地震のことはニュースになって報道されましたので、心配していました。倫子さんが無事なことを祈っています。——

倫子はペーターさんの自宅について知りたいと思い、六畳の和室を写真に撮って、ペーターさんに説明文を添えて送った。間もなく返事が来た。

——私も、畳の部屋に住んでみたいものですね。畳を一枚ずつはめ込んで、六枚で六畳ですか。絨毯のように、初めから六畳の畳があるのかと思っていました。

私は、三階建ての賃貸アパートの一階に住んでいます。暖房と調理場と風呂とトイレが備え付けられているワンルームです。床に家具などを好きなように配置して、部屋を仕切って、寝室にしたり、書斎にしたり、子供部屋にしたりしています。子供が大きくなって出ていけば、また夫婦が好きなように家具を移動して、自由に仕切って生活できるのです。

二人とも気に入っていて、子供ができたとわかったときにすぐ借りて、それ以来ここにずっと住み続けています。一階は若いときは仕事に行くのにすぐ出かけられましたし、齢を取って膝痛になっても階段を使わなくてもすぐ通りに出られるので助かっています。駐車場は地下で、ここには夏の間、バルコニーに出していた鉢植えの花などを、冬の間置いておくところにもなります。——

日本の学生ワンルームマンションは知っているが、ペーターさんが住んでいる家はとても広そうだ。倫子も将来、ふすまなどの仕切りをなくして、広いワンルームにして、そこにベッドや食卓を置けば動線も短くなり、楽に生活できるとわかり、安心した。

それにしても、ペーターさんは好きなことが多すぎる。旅行大好き。読書も好き、バイクも車も好き。音楽は好きを超えている。ダンスが好き。お酒が好き。女性が好き。挙げたらきりがない。

息子も大好き。親として当然かもしれないが、好きすぎると親バカになる。

長い間遠いケルンと手紙だけの交換で直接会うことはないわけで、誤解というか、わからないままになっていることも出てきた。聞きにくいことは避けてきたのだが、やはり気になり、元気なうちにすっきりさせた方がいいと思い、意を決して聞いてみることにした。

ペーターさんの手紙に、ミュージシャンの息子さんの活躍が書かれるようになったのは、ペーターさんが一九九七年、六十歳で定年退職をしてからである。ドイツ出身のミュージシャンが、アメリカで好評を得たというのは、倫子にとってもそれは嬉しいことで、すぐに返信としてお祝いの手紙を書いた。二十一世紀に入ってしばらくして、絵画の個展を、ヨーロッパの国やカナダやアメリカでやって高く評価されたと書いてきた。

ペーターさんには二人息子がいて、一人はミュージシャン、もう一人は画家。兄弟二人がアメリカで活躍とは、もう凄すぎる。

でもしばらくして「コンサートは成功しました。CDも出ています」という手紙を最後に、ミュージシャンの息子のことは手紙から消えた。それからは、画家の息子の個展とか活躍ばかり書いてくるようになった。

長男は芸能界を引退したのか、音楽関係の仕事には就いているのか、いやもしかして、ペーターさんと親子喧嘩でもして家を出て行ってしまったのかも知れないとか、倫子の心配は膨らむばかりだった。

ペーターさんからは十二月を待つことなく、返事が来た。

——長男はミュージシャンではありません。エンジニアで、会社を経営しています。ジーモンと言います。絵も描きませんし、楽器も弾きません。

次男ウルスは画家で、ミュージシャンでもあります。アメリカに住んでいて、頑張っています。私も退職をしましたので、ボストンの個展には行ってきました。おかげさまで高い評価をいただきました。息子はグループでミュージックショーもやります。これも好評です。スイスでの個展のときは、妻と一緒に行ってきました。――

参った。なにも心配することはなかった。倫子のまったくの勘違いだった。ペーターさんが息子さんの名前を書かないで、「息子が」「息子が」とミュージックショーの成功や絵の個展で高い評価をもらったと手紙に書いてくるものだから、てっきり兄弟と思っていた。息子のsonに複数形のsが付いてなかったことに、倫子が気が付いてなかったことからきた誤解だった。

それにしても、ペーターさんの熱の入れ方が凄い。初めから、ペーターさんは次男の話題だけを書いてきていたことになる。一度や二度ではない。どこの国で個展をやったとか、高い評価をしてもらっているとか、書いてくる。これは単なる親バカでは済まされない。息子の才能を信じる父親としてのペーターさんの気迫に圧倒されていた。毎年クリスマスカードの交換は続いていたが、ペーターさんの手紙には自分のことは書かなくなって、ウルスさんのことを詳しく紹介してきた。

――次男ウルスは、兄のように大学進学には全く関心を示しませんでした。子供のこから、琵琶を弾いたり、と思うと、フルートやギターに興味を示すようになったり、ジャマイカのレゲエにハマって、私たちにも聴くようにと強く勧める子でした。

絵の方にも強い関心を示して描くことにも興味を持って、妻もウルスの感性の良さを認め、妻が学んだグラフィックデザインの専門学校に入学を勧めたのです。ウルスはそこで、画家が自分の天職であることを自覚したようです。ウルスの面構《つらがま》えが変わりました。――


またペーターさんは楽器も弾かないし、歌も歌わないが、十七歳のとき、ロンドンのジャズクラブで初めて聞いたジャズに衝撃を受けて以来、ジャズはもちろん音楽のない生活など考えられないというほど世界中の音楽に関心を持ち、家庭の中に取り入れた。そうした環境でウルスのミュージシャンとしての感性が育っていったのだと思う。ウルスの芸術活動は必ずや世に認められるだけのものを持っていると、ペーターさんは確信し、倫子に語り続けてきていたのだ。

ついには、手紙だけでは済まなくなってきた。二十一世紀に入って十年経ったカードに書いてきた。

――倫子さん、メールはしていますか。息子ウルスの作品を写真に撮りましたので、送りたいのです。――

ペーターさんはどうしても息子ウルスを紹介したかった。奥様が急死された二〇〇九年に、ウルスさんはニューヨークに住まいを移して、本格的に活動に拍車をかけた。そしてペーターさんはウルスさんの海外での個展の追っかけを始めた。

ペーターさんからこんな嬉しい便りを貰えるなんて、思ってもみなかった。

それでもペーターさん自身がもっと自由に好きなことができる時代に生まれていたら、自由に音楽ができるような家庭に育っていたら、ペーターさんのジャズ好きが高じて、ミュージシャンを目指したのではないかと、倫子はずーと思っていた。

ウルスさんは父親と母親の夢を実現させたことになる。もっと高みを目指せと、我が子の奥にまだ眠っている才能が華開くよう、息子の作品について、父親しかわからない深い洞察力で息子に語りかけ励まし続けていたと、ペーターさんは書いていた。ウルスさんも作品ができるとペーターさんの意見を必ず聞いてきたという。

ペーターさんは、定年まではケルン警察の主任警部として、定年後は、画家のウルスさんのプロデューサーとして全力を注いできたのである。

ペーターさんとの文通で一番申し訳ないと思ったことは、奥様が六十九歳で若すぎる死を迎えたときのことである。ペーターさんが六十歳で定年退職をして十二年が経っていた。十二月に入るとすぐ、郵便受けに毎年ペーターさんから届く定型の角封筒があった。ケルンの大聖堂が白黒で印刷されたカードには、奥様が五月九日、逝かれたことが書いてあった。ペーターさんにとってこの一大事を、クリスマスカードで知らせてきたのである。五月といえば、ケルンでは厳しい冬が終わり、まさに春が始まる歓喜のとき。月の初めの一日には、若者が、好きな未婚の女性の家の前に何本ものカラフルなリボンを飾った若い樺の木を立てて、春の到来を祝う風習がある。奥様も家の外まで出てきて、楽しまれたことだろう。倫子がケルンで出会って二十五年が経っていた。

そして五月の九日。

なんの前触れもなくて、元気だった奥様が急に疲れたと言ってよたよたと倒れ込んだ。どうしたらいいのか、どう考えたらいいのか、手と足が追い付かない。ペーターさんのおろおろしている様子がクリスマスカードからうかがえた。

ペーターさんにお悔やみの手紙を書かなければと思ったが、このときほど倫子は自分の英語力の無さを痛感したことはなかった。型通りのお悔みの言葉を英語でいくら書いても、ペーターさんの悲しみを救ってあげることはできないとわかった。次々大きな辞書を開いては英語を必死に探したが、お悔みの決まり文句は見つかったが、それを書き写して送ったとしても、ペーターさんの心まで届くとはとても思えなかった。心の底から湧き上がる英文が書けなくて、辞書を片手に手紙を書きながら、本当に情けなかった。

ペーターさんが好きなものといえば、倫子の家の側に咲く街路樹の桜、その花びらが手元にあれば贈ってあげられたのだが。ペーターさんをどんなにか慰め、励ましてくれるだろうに。

亡くなられてから七か月もの間、どんな思いで奥様のいない部屋で過ごしていたのだろう。

——マリアがグラフィックデザイナーを目指して専門学校に通っていたころ、彼女に贈ったプレゼント。クラシックバレーのチケット、アールヌーヴォーのブローチやアンティークなグラス、アールデコな小物、アンティークで素敵な焼き物のポット、昔の銀のフォークやナイフ、どれも探すのが大変でしたが、見付けたときは一刻も早く彼女にプレゼントしたいと思い、彼女の喜ぶ顔が浮かんで、嬉しかった。それを、今、マントルピースに飾ってあります。――

この手紙を貰ったときには、また一年が経っていた。

二〇一八年の十二月、倫子は休日もないほど超多忙な日々を過ごしていた。後一か月で、一年も終わる。

この年のクリスマスカードは届くのが遅かった。といっても、クリスマスにはまだ一週間ある。

ペーターさんが、書き上げた多くの友達に送るクリスマスカードを鞄に入れて、近くのポストより少しでも早く着くように、自転車で大きな郵便局まで急いでいる姿が目に浮かんだ。目を輝かせて、前屈みになって、ペダルを力強く踏むと背中が左に右に揺れて懸命に郵便局を目指しているはずだ。

封を切って読みだすと、いつもより遅いわけがわかった。

——十一月に肺炎をして大変だったが、今年もクリスマスを迎えるところまできました。

——

倫子はとっさに、新年の挨拶をドイツ語で書いて送ることにした。「Einen guten Rutsch ins neue Jahr!（アイネン　グーテン　ルッチュ　インス　ノイエ　ヤー）」。これは「新年にうまく滑り込んでください」という意味で、「良いお年をお迎えください」という挨拶の言葉だと、ペーターさんに昔教わったものだ。クリスマスから来年へ、新しい年も無事迎えて、どうかこれからも元気で長生きしてもらいたい。

二月のお誕生日が来れば、めでたく八十一歳。この年になると、ちょっとした病気がとんでもないことになってくる。退院して自宅に帰って、旅行で知り合った多くの友に送るカードを用意して、ジャズを聴きながら書いてくれたのだろうか。

特にペーターさんが好きだと言っていたスキャットのような意味をなさない音の羅列が即興で続くビバップを聴きながら書いてくれたのかもしれない。倫子には、まだ知らない音楽の世界。いつも、なにか、倫子には未知の世界をペーターさんは披露してくれる。

倫子が展覧会に向けて練習していた短歌一首、仮名の大字作品が書き上がった。表具店に送って表装してもらう。結果発表は一月上旬に届いた。準大賞に選ばれた。書展は二月の新春展である。

カードを出した後だったので、倫子はメールで知らせると、ペーターさんからもメールが来た。

——おめでとうございます。大賞でなくて残念ですね。日本に行って、一緒に観たいのですが、昨年十一月に肺炎をしたので、もう少し休養が必要のようです。

倫子さんの努力の賜物ですよ。焦らず諦めず辛抱強く、夢を追い続けた倫子さんに、遥かケルンより、乾杯します、もちろんビールで！　ソーセージとポテトをいただきながら。——

二〇一九年、新しい年の松の内も過ぎていった。庭の八重の椿が咲き誇っていたかと思うと、街路樹の桜並木がそろそろ出番を伝えているようで、蕾を膨らませ色付きだした。

郵便受けに淡いあずき色の角封筒を見つけた。左上に、USAとある。さらに上に目を移すと、差出人の姓は見たことがある。

封を開けると、同じ色をした少し厚めの便箋に、三月二十日、ケルンと、直筆の筆記体がすでに躍っていて、判読するのが難しい。それでも「逝きました」とあり、主語は「私の愛する父、ペーター」となっている。何度読み直しても間違いない。「肺炎」という文字が飛び込んだ。

もう一度、目をやったが、間違いなかった。

万年筆で書かれた息子のウルスさんの便箋の表と裏の英文がそのまま、ファックスにも入っていた。ケルンのカフェで電話番号とファックス番号を書いて渡していたのを思い出した。航空便では遅すぎると、ファックスでも送ってくれていたのだ。

――昨年の十一月初め、父を襲った激しい肺炎の後遺症で、二月十九日、私の愛する父、ペーターが逝きましたことをお知らせする手紙を書かなければならないのは、とても悲しいことです。

しかし急速に病状が悪化する中で、病院にいたのは二日間だけで、三日目の朝には、父の体は抵抗するのを諦めてしまいましたから、苦しむこともうなかったのです。また父が大好きだったフランスのブルターニュで九月いっぱい、四週間たっぷり過ごすことができたということも、私にとって大きな慰めとなりました。

人が本当にその身を横たえ、すべてのものから自らの身を引こうと望んだとき、その身が取り込んでいたすべてのものに、私は圧倒されました。

両親が住んでいた家に残されている父の持ちものすべて、先に亡くなりました愛する母のものもすべてを、もう一度手に取って一つひとつ見ては両親の過ごしたときを想ってみなければなりませんでした。これがどんなにか悲しくも感情を掻き立てられる仕事ではあったのですが、父が多くの人にとって、愛すべき素晴らしい人だということを、もう一度、私に見せてくれたのでした。

そして実際どんなに父が貴女との友情を大切にしていたかということを知ることとなりました。私が見つけた貴女からの多くの手紙に、そのことが証明されていました。また父が貴女に書き送った手紙についても同じ気持ちであったことは間違いありません。貴女はメールまで交換してくださっていたと思います。

ですから、貴女に父の死をどうしてもお伝えしたかったのです。

私は日本文化に多大の称賛を抱いております。多分父もそのことを貴女にお話ししたかと思いますが、小さな子供だったころからそうでした。琵琶が大好きで、少しですが弾けます。

いつの日か日本に行きたいと願っています。

心から父と私の親愛の情を貴女に送ります。

ウルス ――

「人が本当にその身を横たえ、すべてのものから自らの身を引こうと望んだとき、その身が取り込んでいたすべてのものに、私は圧倒されました」

父親の最後に立ち合った画家のウルスさんが絵筆で描くのではなく、言葉で書いた父親の臨終の姿である。ウルスさんの才能を認め、大切に育ててくれた父親のペーターさんをこのように深い愛で紹介できるのは、アーティストの息子しかいないと倫子は確信し、ペーターさんの死を受け入れることができた。

ペーターさんは彼の願い通り、「人生最後の旅なら迷わず愛するブルターニュ」に一か月を過ごし、土地の人とも最後の語らいを果たすことができた。病院にいたのも二日間だけで大きく苦しむこともなく、天国に召された。なんと見事な終焉だろう。人生の最後に、したいことをすべてやり遂げて逝ったペーターさん。

それでもと、倫子は思う。ついこの間クリスマスカードを書き送ったような気がする。あんなに元気だったのに、どうして……。一年前のカードには、「八十歳になりました。日本にペンパルがいると旅仲間に話すと、皆から『いいな、羨ましいと言われました』」と書いていた。仲間と一緒に撮った写真には、真ん中で赤いポロシャツを着たペーターさんが、次の旅は日本だ！　と微笑んでいた。

ウルスさんの手紙に乗って、果たせなかったペーターさんの日本への旅、倫子との再会をするために来てくれた。

倫子はテーブルにとっておきのテーブルクロスを広げ、そこにペーターさん歓迎の宴をセッティングした。

ソーセージとポテトフライ、ビールで乾杯だ。日本に来られたからには、お酒、熱燗もいかがでしょう。パソコンから印字した赤いポロシャツのペーターさん。ペーターさんの愛するブルターニュの町の絵葉書。ペーターさんが見たかった満開の桜の写真も倫子は用意した。

初めて会ったあの日から三十四年間、お互い頑張りました。

「チアーズ、乾杯」二人のグラスが澄んだ音《ネ》を響かせた。

三一五号室の十三夜

章子《ふみこ》は、新学期が始まった頃から、頭を枕に置くと首がつかえて突き刺さるような痛みを感じていた。一度布団に横になると、起き上がるのが難しいほど首が重いのに、横向きになると、中の重りがコロンと向きを変えるのか、首は軽くなる。鉛の球が喉にあるのではと、薄気味悪い思いを拭いきれないでいた。本を出版するためにこの一年は特に根をつめての原稿書きに夜昼なく専念していて、頭は常に下を向いていた。

一九八七年九月、章子の研究室に入ってきた二十世紀アメリカ小説のゼミ生が興奮して、「ロック歌手、マイケル・ジャクソンの初来日公演、東京後楽園球場のチケットが買えなくて」と残念がっていた。彼女達の話を聞きながら、章子は大学の後期授業が無事にできるだろうかと密かに案じていた。

市主催の乳癌と甲状腺癌の集団検診があるというので出かけたのは、残暑もきつい九月初旬のことだった。検診の長い列が一向に進まないのにいらだってきた章子は、今までした病気を書く用紙に「甲状腺腫」と思いつくままに書いて、医者がどう反応するか、待つことにした。

医者は驚いて、章子を見た。

「再発はなかった？」

「ありません」

医者は両手で首を触った。指が食い込むほど力を入れて、何度も繰り返した。何かを探していた医者は、「前を向いて」、「後ろを向いて」と指示して、やがて、章子が前を向くと、身をかがめて言った。

「検査を受けてみますか」

章子の推理が当たった。甲状腺腫と病名が付いて、ほっとした。これで医者は治療を始めてくれると思うと、半年ばかりいらだっていた体がストンと収まった。

国立大学附属病院の地下の窓もない部屋で、若い医者が封筒を開けてカルテに病名を書き込み、診察が始まった。祖父の代までさかのぼって家族の病歴を聞かれ、両親を始め癌で亡くなっている者が多いことに気がついた。四十五歳になっていた章子は此の期に及んで抜き差しならない血の繋がりの中にいることを思い知らされ、健康には自信があると思ってきた己の能天気ぶりに愕然とした。

隣の部屋に移ると、突き出した首にひやりとするジェリーが塗られ、その上をスティックが移動して首の内部を映し出す超音波検査が始まった。明かりを抑えた薄暗い部屋を目で追うと、白衣の医者のくぐもった声が聞こえてきた。

「多分一つでしょうね」「そうでしょう、多分」

多分一つとは、複数の腫瘍もあるということか。背中に冷気が走った。

間接撮影の部屋は廊下をさらに進んで、部屋はさらに暗く胸のレントゲンの後、首を前から横から鉄の器械が覆いかぶさるようにして撮られた。「結構です」の声で部屋を出て、やっと待合の長椅子に戻ることができた。

また名前を呼ばれて中に入ると、医者が見ていた投影機の十センチ四方の写真にはマッチ棒の先で突いたような点が白く浮かんでいた。何枚も写真を撮ったはずなのに、他のものはどこにあるのか不審に思いながら医者の言葉を待ったが、写真に目を向けたまま章子を見ようともしない。間が持てなくなって章子は二回肩で大きく息をした。

「甲状腺を取ります」

あまりに単刀直入な医者の言葉に、章子は「良性の可能性はありませんか」と一分の望みに賭けるのが精一杯だった。

医者は初めて章子の方に顔を向けた。

「言いにくいのですが、悪性ですね。癌です。でも今なら大事にはいたりません」

「私には触っても分かりませんが」

口に出して、まったく意味のないことを言ったことに気がついた。

医者の顔が初めて微笑んだ。

「心配しないでください。本当に早く見つかって良かったです。喜んでいます。タイミングがあるんですよね。こんな小さいうちに見つかったのも、プロだから見つけられたのです」

「どのくらいの大きさですか」

「一センチ弱です」

堂々たる腫瘍ではないか。米粒大とか、小豆大とかで早期発見というのを聞いたことがあるが、一センチ近くまで悪性腫瘍が大きくなっていたとは思ってもみなかった。「大事にはいたりません」という言葉が逆に慰めのように思えてならなかった。
「生検をしますので、ここに名前と印をください」
「何のために生検をするのですか」
「七割の可能性で悪性です。三割のところを生検ではっきりさせます。悪性と良性では、執刀する医者の覚悟が違いますから」

患部の一部を取って顕微鏡で調べる生検は間接撮影をさらに確かめるためのもの、患者のためのものと思っていたが、医者のためだと言う。入院もしていないのに、手術に向かって話が進んでいる。そう思う一方、病名を告げるのをためらったり、早期発見を喜ぶ医者に人としての顔が垣間見えて、章子は癌であることを確信した。

生検の日を看護婦に聞いた医者は、「遅い。もっと早く。ああ二十三日が空いているね、入り込める、ね。いけますね」と念を押して、ほっとした表情を見せた。

血液検査のために採血をして外に出ると、晴れ渡った空が目に飛び込んできた。癌の宣告には美しすぎる。

家に着くと、いつもは狭いと思っていた部屋が深閑としてだだっ広く感じられた。今まででこれといった病気をしたことのなかった章子に、生まれて初めてのドクターストップである。どこから始めたものか、左右の乳房の癌手術をした後、甲状腺にも転移した美緒に相談してみることにした。

美緒とは油絵教室の初心者クラスで知り合った。彼女は絵具を出して薄めることもなく、筆で掬うといきなりキャンバスに勢いよく走らせた。その筆致がダイナミックで、鮮やかな色使いと相まって、講師の画家を唸らせた。「いいね、いいね」の声に、他の生徒達も解放されたように思い思いに筆を動かすようになった。

美緒は転勤族で、来年になればこの地を去る予定である。子供がないうえ、彼女の七歳年下の妹と章子の妹が同じ名前であることから話をするようになった。その華麗な顔立ちはとても若く見え、五十歳を超えているとは見えなかったが、自己紹介で、いきなり癌の手術を二回したと告げて、強烈な印象を受けた。

章子が病名を言うと、受話器の向こうでしばらく沈黙があって、「今日は主人が出張なので、お食事でもご一緒にしようと思っていたのよ」と、レストランに誘われた。

美緒は入院についてこまごまとした注意や必要な所持品を教えてくれた。澱みなく喋る彼女が話の合間に「戦いに備えて」を繰り返すのを聞いて、章子は励まされるというより、追い詰められる気がした。

家に帰っても話す家族もないが、職場には伝えないわけにはいかない。公にすることには抵抗もあったが、そうも言っておれない。受話器を取ったり、置いたりしているうちに、意を決して上司の学科長に電話をした。幸い、励ましの言葉をもらって、手術を受ける決心がついた。一人いる妹は結婚して遠い町に住んでいるので、手紙を書くことにした。

しかし心のどこかに、奇跡が起こるのではないかと思っている。検査までの時間が待てないほど恐ろしく長く思えたり、長ければ長いほど、奇跡が起こる確率は大きいと思ったり、ころころと気持ちが変わった。

妹から電話が入って、他の病院の診断も受けてみることを勧められた。説得力ある助言だが、決心がつきかねて、入院のための買い物に行かなければと思ってしまうのだった。

組織検査の日は、これで良性か悪性かはっきりすると思い診察台に横になった。注射器で三本吸入して、細胞を調べるという。布が顔に被せられた。

「浅く見えるけど、深いんだろうね」

「そうと違いますか。深いですよ」

X線写真を見ながら、医者と看護婦が話している。首の奥の腫瘍まで針が折れないで無事に届いてくれるだろうか、章子は祈った。

一本目の針が入った。柔らかい首に針が刺されると、深く窪み、一気に皮膚や血管、神経、そして怒りや疑いまでも奥に奥に差し込むように入っていく。体を打ちのめすほどの重みが一本の針に集中されて、首を突き抜けるのではないかと思うほどの勢いである。針がしなっている。しかし針の遥か先で、届くはずがない、来れるものなら来てみろと、腫瘍がせせら笑っているような気がする。体中に忍耐を強いてくる。ただ生ぬるく血が流れているだけである。三本を取り終えた。

「すみませんが、もう一本取らせてください。確実を期すために」

確実を期すため、医者の覚悟を確かなものにするために、患者は耐えるしかない。四本目が終わると、体は背中が浮いて弓なりになったまま硬直した。すると首にどさりと冷たいものが置かれた。

「一時間ほどこのままでいるように」と医者は言って、看護婦と一緒に出ていった。

首は診察台に押し付けられて、頭から足先まで一直線になった。糊付けされたように動かない。頭の下でチリヂリになって押しつけられている髪を払おうと思うのだが、どうにもならない。力を出そうとするのだが、どう頑張っても力が出ない。

少しずつ首が温かくなると体も緩んできて、腕を回して時計を見ることができた。一時間以上経っているが、二人は帰ってこない。待つ、待つしかない。待ちきれなくて声を上げようと思った時、ドアが開いて看護婦が姿を見せた。

「先生がいないんだよね。どこに行ったのかね。困ったな……もう少し待って来なかったら、放送を入れてみるから」

放送が入ると、ドアが開いて、飛び込んできた医者が重りを摘み上げた。

「来週来てね」看護婦の一言で解放されて廊下に出た。

まさか、そこに美緒がいるとは。

「病院に着いたら、あなたはもう検査に入っていたのよ。ごめんね、終わるまで待つことにしたの。ご苦労様。来週は結果が分かるのね。頑張ろうね」

美緒が来てくれたことで、不安で崩れそうになっていた章子はしっかりと支えられた。

一週間後病院に行くと、美緒がまた長椅子に座って待っててくれていた。

「えっ、来てくれたの。こんなに早く、ごめんね。心配かけて、ごめんなさい」

「気にしないでね。乗り掛かった船よ。最後まで付き合うわ」

美緒がいてくれると話ができるので、早朝の患者がまだ来ていない待合の静寂にも章子は押しつぶされないですんだ。十一時半過ぎになって、やっと看護婦が廊下に出てきた。

「結果が今日の夕方出るのよ。今日は診察代を払わなくていいからね」

〈それならもっと早く言って欲しかった。散々待たせておいて、診察料はいらないから、とはひどいではないですか。来週月曜日と言ったのはあなたですよ。何時間も患者を待たせておいてよくもそんなことが言えますね〉

頭の中で怒鳴っているだけで、口には出てこない。「はい」と答えるのが精一杯で、すごすごと引き下がる自分が惨めでならなかった。来てくれた美緒にも申し訳なかった。

看護婦が診察室の中に消えると、彼女は目を吊り上げた形相になって、「許せないわ、患者を何と思っているのよ。偉そうな口をきいて。患者の気持ちなど何も分かってない。看護婦失格」と吐き捨てるように言い放った。

一週間後また休講にして、病院に行く。学生にも迷惑をかけてしまって一体自分は何をしているのだと責めたが、病院に行くしかなかった。美緒もしばらくすると来てくれた。申し訳ないと思いながらも、横に彼女がいてくれるだけで、気持ちが落ち着く。やっと順番が来て、外来の診察室に入った。

「先週の月曜日の夕方に結果が出たんです。生検の結果は良性でした。しかし……生検ではちゃんと組織が取れない場合もあるんです。科の先生とも相談したのですが、早く手術を受けられた方がいいと思います。どうされますか」

医者は身をかがめて、章子の顔を覗き込んだ。

〈どうされるも、こうされるもないもんだ。悪性七割で、一日も早い手術受けたいから、医者の覚悟のために生検を受けたのに、組織が取れなかったかもしれないなんて、先生が四本も取られたではないですか〉

頭がキリキリと音を立てて絞られていくが、それでも激しい苛立ちを医者にぶつけるわけにもいかない。返事は「お願いします」しかない。

「分かりました。執刀の先生にはよくお願いをしておきます。ただベッドが空いてないので、入院がすぐというわけにはいかないと思いますが」

診察を終えて廊下に出ていくと、美緒は驚いた様子で、「もう済んだの。まさに三分間診療だね。それでどうだったの」と聞く。医者の話を伝えると、「どういうこと？」と怪訝な顔をする。

「分からないよ」

「生検は良性だったんでしょう」

「組織が取れないこともあるんだって」

「えっ、取れなかったの」

「良性」、「組織が取れない場合がある」、「医者の覚悟のため」、「早く手術を」。医者が言った言葉が鼓膜に繰り返し叩きつけられる。

また名前を呼ばれて、今度はカーテンを開けて奥の部屋に入る。白衣の若い研修医と目があった。まだ学生の気配を漂わせており、気力も体力もありそうだ。

「これから学生さんに診察をさせていただきたいのです。学生さんといっても、来年は医者になる人達です。よろしくお願いします」

突然のことで驚いたが、大学病院では医学生のための授業もあり、そこで診察を受けることになった。

輪になって話をしていた数人の若者が一斉に振り返った。

「すみません。診察させてください」

女子学生が聴診器を持って章子をベッドの方へ促し、カーテンを引いた。胸から首の患部まで聴診器を当ててから触診を始めた。指先で恐る恐る触りながら、小刻みに腫瘍を探している。「どこかな、あ、これかな」と声を上げたが、章子は、触らないで、もういい加減にしてよ、と爆発しそうになっているのを必死に抑えていた。

「最後に古賀先生に診察してもらいますので、廊下でお待ちください」

診察が終わったのではない。次が本当の診察である。「確実を期すために」もう一度医者が診察をする。廊下に出ると、章子はトイレに飛び込んだ。一人にして欲しかった。深呼吸をしてから、我慢、我慢と言い聞かせて、触れられた首や胸を何度も手で払った。

また診察室に入ってカーテンを開けると、中央に白衣の古賀先生が座っていた。学生の話し声が止み部屋は静まり返った。授業が始まる。章子が患者の椅子に座る。この診断で章子の手術が決まる。膝に当たるほど近くに、先生の体があった。顔を上げるわけにもいかなくて、黒いズボンに視線を落とした。背後から日本語と英語で専門用語や病名が発せられ、耳元で爆音を上げた。先生が太く強い声で学生に質問する。先生の両手が伸びて、章子の首を握った。ぐいと絞める感触がして指が骨の間にのめり込んだ。

「後ろを向いて」もう一度首を強く握った。

まだ握られた感覚が残ったまま章子は、看護婦の「廊下で待っていてください」の声に反射的に体が立った。

部屋を出ようとした時、投影器にX線写真があるのに気がついた。首を横から撮ったもので、一センチくらいに突起した腫瘍が白く透けて見えた。裏から光に照らされて、刷毛で掃いたような薄い影がついて輝いている。これからも大きくなるだろう不気味な力を見せて、首のド真ん中に生えてきたという居直り方である。これが栄養を吸い取り、章子を極度の疲労に追い込んだのだ。

生検では組織が取れないこともあると思った。注射針ではこの頑丈な膜を切り裂くことはとてもできなかったのだろう。その説明を聞きたいと思ったが、授業中の張りつめた空気に患者の章子が口を挟むことなどできなかった。

廊下に出ると、待ち構えていた美緒が聞いてきた。

「どうだった。何て言われたの」と聞いてくる彼女の顔を見て返事に窮した。彼女を納得させる説明はとてもできない。章子にできることは、待つ、待つ、待つしかない。

授業が終わったのか、学生達が本を片手に出てきた。突然美緒が笑い出した。

「『外科診療マニュアル』なんて読んで診察するのか。参ったな。笑っちゃうわ。子供くらいの年だよね、あの人達。参った、参った」

美緒は二度目の手術から十年が経っていて、人生の三分の一を癌と闘ってきたことになる。章子もあのマニュアルでは救ってもらえない人生を行くことになるのだろうか。

また名前を呼ばれて外来の診察室に入った。

「古賀先生の診断の結果、やはり腫瘍はありました。入院手続きは看護婦さんに聞いてください」

「入院はどのくらいになるのでしょうか」

医者は腰を浮かせている。昼食の時間がなくなるのは分かるが、章子にも質問くらいさせて欲しい。いつ決まるのか分からない入院を前に、章子は何としても聞きたかった。

「職場に休暇をいただかないといけませんので」

「人によって違いますからね。入院して十日間、手術して十日間くらいでしょうか」

「退院してからの通院については？」

「初めは二週間に一度来ることになるでしょうか」

「それから……」

「看護婦さん、看護婦さん」

医者の大きな声に、章子は席を立つしかなかった。

看護婦が入ってきて、十日ほどするとベッドが空くと知らされた。

「いつでも入院できる用意ができていますので、よろしくお願いいたします」

「そお、もう準備ができているの、偉いね。それじゃあ電話するわ。ご苦労さん」

色白のふっくらした顔に目が三日月になって笑っていた。彼女の思いもよらない一言で、張り詰めていた体がほころんできた。

入院と手術の保証人は、美緒に頼むことにした。

「ごめんね。こんなことまでお願いして。それに何度も病院についてきてもらって、昔の辛いことを思い出させているようで申し訳ないわ」

「全然、もう時効。忘れたわよ。人は嬉しいことでは手を結べないわ。辛いことでなら手を取り合えるものよ」

事もなげに言った美緒の言葉に息をのんだ。彼女は癌以外にもいくつも大病をしている。今も薬を手ばなせない。いつ死を迎えてもいいように、身の回りのものを整理している。台所の磨き上げられたガスレンジは新品の輝きを放っているし、箪笥の中の下着類は常に新しいものに替えている。闘病以来日本のどこにいても毎週月曜日にかかってくる母親からの電話は今でも続いている。

入院が目の前に見えたところでほっとするどころか、章子は追い詰められた獣のように何かに必死に抵抗していた。何かすっきりしない。そこのところをはっきりさせないことには、安心して入院できない。腫瘍があることも疑いがないし、あの病院に手術を任せることにも一応不安はない。しかし何かがもつれて、こだわりがある。やはりもう一人の外科医の意見を聞くしかないのか。

上司が勧めてくれた斎藤病院を尋ねることにした。午前中の最後の診察を終えようとしていた医院長は髪に少し白いものが混じっていたが、引き締まった体に日焼けした顔から大きな縞模様のシャツが似合うラグビーの選手のようだ。

「外からじゃ、全然わからんな」

章子は病院のX線写真で癌と診断されたことを話した。言葉を選んだつもりだったが、医者の名前を口にしてしまった。

「名前を出さないように。それぞれの医者の意見なので。立場立場があるから」

その通りだ。しかし冷静に判断できなかった章子が愚かであったのかもしれないが、その固有名詞の医者が発した言葉に突き刺さり彷徨い、今ここに辿り着いたのである。

「それでは患者としてどうすればいいでしょうか」

医院長は名刺の裏に甲状腺を描き、注射をして撮ったX線写真と生検の良性で何が分かるかを説明した。そして生検で良性と出たら、良性と信じておればいいと言った。

「それなら、どうして一日も早い手術がいるのですか。手術を急ぐのは良性ではないからでしょう。生検で組織が取れなかったというのはおかしいと思うし、取れていても良性と嘘を言っているのでしょう。生検の良性とX線写真の悪性との関係はどうなるのですか」

検査もしていない、今日初めて会った医者を責めてもどうにもならないことくらいは分かっていたが、ここまで来て他に聞く人がいなかった。医院長はしばらく黙っていた。

「血液検査の結果はどうだった」

「血液検査……知りません」

不意を突かれてしまった。そんなこと、いや大切な検査結果なのに、聞かないでいた。

医院長は背筋を伸ばし、両足を揃えて、傍らの電話に手を伸ばした。

「斎藤外科病院の斎藤です。外科の古賀先生をお願いします……斎藤です。いつもお世話になっています。先生のところで甲状腺を診てもらっているM大学の教授の朝比奈章子先生が来られているのですが、血液検査の結果はどうだったのでしょうか」

古賀先生の名前が出て驚いた。思わず、「昨日、古賀先生の授業中に診ていただきました」と口をはさんだ。

「昨日、先生の授業中に診ていただいたようですが」

電話の向こうでやっと章子と分かったようだ。

医院長の口から章子の職場や職名を言われた時、最初自分のこととは思わなかった。病院に通い始めて、章子は自分でも呆れるほど空中分解しており、公の顔などどこかに置き忘れていた。こういうところで、教授と呼ばれてみると、実に薄っぺらく聞こえた。

「そうですか。ありがとうございました。ところで、先生、手術をお願いできませんでしょうか。……どうかよろしくお願いいたします」

医院長は机に頭が付くほど深々と何度もお辞儀をして、受話器を置いた。

「二だ。腫瘍は八ミリ」

章子はどういう意味かと不安な顔を医院長に向けた。

「一、二、三、四とあって、四が癌で、三がやや疑わしい。一、二は良性。良かったよ、二なら。今日は酒で祝杯だな。肩にできものができたら、それが良性か悪性かなんて言わんだろう。本来あるべきものでなければ、すぐ取ってしまう。首の中にできものなどあるのがおかしい。そんな物騒なものはさっさと取った方がいい。古賀先生はアメリカで勉強してきて、今、一番油の乗っている優秀な人だから大丈夫だ。安心したらいい。先生には、手術前に挨拶に行った方がいいだろう。古賀先生には患者であるあなたの顔を憶えてもらうことが大切なんだよ。沢山の患者の手術を頼まれている先生だからね。若い人は若い方がいい。五十を過ぎると疲れるからな。入院が決まったら、電話してきて。ベッドが空いてないということだが、それは仕方がない。とにかく、今夜は乾杯だ」

明快な話しぶりに体が軽くなっていくのが分かった。部屋を出てから、「良性、二」と声に出してみる。「二」、初めて知った。一センチ弱とは聞いていたが、八ミリと正確に測っていたのだ。

それにしても、執刀医をお願いしてくれたのには驚いた。初めて病院を受診した一患者に過ぎない章子のために、そこまでしてくれるだろうか。章子がM大学に勤めていることをどうして知っているのか……もしかして職場の上司が斎藤先生によろしく頼むと話をしてくれていたのではないか。その上で、章子にセカンドオピニオンとして斎藤病院に行くように勧めてくれたのではないか。手術をしてから片腕が痺れてしまった職員がいて、手術の怖さを知っていたから、名医に執刀してもらえるとは法外のことで、ありがたかった。

一日も早く元気になって、教壇に立たなければと誓った。

三ではなくて、二なんだと口ずさんで美緒の家に向かった。彼女も喜んでくれると思うと、雨に濡れた道を足は小走りになっていた。

美緒の家に着いて、どう切り出そうかと迷った。もし「二」が間違いだったらどうなるのか。本当の答えは、術後腫瘍を検査した結果待ちで、今は誰にも分からないのだから、章子が一人で喜んでいたらいい。章子ほど動転している者はいないのだから。

そうだろうか。章子とは比較にならないほどの大病を患った彼女は、章子が一人で打ちのめされているのを見ておれなくて付き添ってくれているのだ。だから中間報告として、彼女に少しでも早く知らせるのが当然だ。

「今、斎藤病院に行ってきたの。二だと分かって、執刀も古賀先生に頼んでくださって……でもX線写真では悪性と言われているし、限りなく灰色であることには間違いないんだけどね」

「いずれにせよ、ここまで来たら手術してみないことにはね……古賀先生って言ったっけ、その先生の手術が上手くいくとは限らないからね」

美緒の言葉に凍った。その通り、彼女が二度にわたって体験したことだ。手術してみないことには、本当のところは何も分からない。「二」の幸せは、章子一人の心を潤すだけの小さなもので、章子は「二」を身を擦りつけるようにして暖を取っていた。

八日後、留守電話にあの看護婦から大きな声で呼びかける入院日の知らせが入っていた。午後二時、外来患者もいなくなった廊下で、病棟に案内してくれる看護婦を待った。第一病棟の両側に名札が並ぶ長く細い廊下に、三一五号室はあった。

三台ずつベッドが並べてある六人部屋で、入口を入って右側の真ん中に章子のベッドはあった。真向いが一つ、空きベッドになっている。窓の外は並行に並んでいる建物で空が塞がっていたが、身を屈め目線を上げると、空が見えた。どことなく薄汚れている壁やベッド。荷物をベッドの下に置くと、もうすることがなかった。椅子に座ってみるが落ち着かない。ベッドに上がり正座してみた。

ほどなくして、美緒が来てくれて、カーテンを閉めると部屋になった。

「しばらくここで暮らすのだから、生活しやすくしましょう。ちょっとベッドから下りてくれる。荷物を出して」

そう言うと、彼女は枕の下にバスタオルを敷いた。枕が高いと言うと、タオルを折りたたんで薄い枕を作ってくれた。実に手際がいい。感心すると、「昔取ったきねづかよ」と笑いながら、ナイロンの袋をベッドの横に取り付けて、屑入れにした。枕許の机の扉を開けて紙を敷き、持ちものを並べると章子の城があっという間に出来上がった。それだけすると、彼女は用事があるからと言って帰っていった。

やがて白衣の男性が入ってきて「主治医の南です」と言った。南先生は四十代、でも章子より四、五歳若いと見た。小太りで、丸い顔に埴輪のような目が優しいが、なにより艶のあるよく通る声がチャームポイントだ。

「前を開けてください」何をするのかと思いながら浴衣の前を緩めると、さっと両手を脇の下に入れ、さっと抜いた。リンパの腫れを調べたのだそうだ。しばらく忘れていた「七割悪性」を思い出した。

首の触診を始めると、「分からないな」と呟いている。

「そんなことないですよ。まだ手術もしていないのですから、腫瘍がなくなるわけがない。困りますよ。ちゃんと見てください。ありますから。そのために私、入院したのですよ」

「僕は素人だから、専門は消化器ですよ……寝てくれる。枕をして、首をぐっと出して。そお、ああ、これかな。いや、これはリンパかな。柔らかいのがあるけど」

「柔らかいんですか、腫瘍って。八ミリです。探してください」

「あ、あった。今度は間違いない」

「良かった、あって。これで無事手術できますね」

この主治医で大丈夫だろうかと思いながらも、遠慮なく話ができるような気がした。

主治医が帰っても、身を曝したくなかったので、カーテンを引いたままにしているのだが、光や人を断ち切ったベッドの上で何をしたらいいのか。場所柄、寝るのが一番いいのだが眠くない。入院は退屈だから本を持っていくよう勧めてくれた人がいたが、退屈ではないし、本を読みたいとも思わない。

病室に入って見た世界は、今まで見たことも考えたこともないものだった。アメリカ文学に興味を持って小説や詩を時間を忘れて読みふけり、論文にまとめ、本にもしてきた。作品に繰り広げられる登場人物の生活と今、眼前に見る患者、章子自身も含めてあまりにも違う。色がない、いや灰色、黒、闇、先が見えない。外の世界と断絶された世界で、今まで自分を支えていたものが一切通用しない。研究と称して積み上げてきたことが窮地に陥った今の章子を支える力になっていない。入院したら治療が始まり、そのうち退院できると安易に考えていた自分が情けない。入院してそういうことに気がつくというのもいっそう情けない。息が詰まりそうになって大息をついた。病んではいるが、それでも生きているではないか。退院したらやりたいことがあるではないか。と、章子は辺りを見た。

電子温灸器が目に止まった。妹が贈ってくれたもので、皮膚の上にローラーを滑らせて温めるもので、肩こりにいいという。首筋に当てて滑らすと、ジャリジャリと小さな音がして、温かくなった。カーテンの外で話し声が聞こえて来た。

「何か音がするね」

「さっきから聞こえてる。何の音かなと考えているんだけど、分からんわ」

「数珠の音？」

「数珠で祈ってるのかね、朝比奈さん」

トンチンカンな答えに思わず、カーテンを勢いよく開けた。

「違います。祈ったりしていません」

「そうか、数珠で祈ってると思ったよ。入院すると急に環境が変わるから、心細くなるのよ」

「そうなんですか、まだ祈るところまでにはいってません。少し落ち着かない感じですけど、部屋も温かいし、皆さんもいてくださるし」

これがきっかけで、カーテンが取れた。化粧もしていない寝間着姿のままでも、恥ずかしくはなかった。

六時前に夕食が来た。ベッドに座って六人がお互い顔を見合わせて、話をしながら食べる。左隣のすい臓癌の北田さんはご飯が多くて、おかずが少ない、味が薄いと不満を並べるので、さすが専業主婦だと感心した。章子には、上げ膳、据え膳、浴衣一枚で、寒くも暑くもない。定刻に食事が運ばれてくるだけでありがたかった。今まで会議などで、定刻に食事が摂れることはまずない。論文書きに没頭のあまり、食事を抜かしたり、空腹に耐えかねてドカ食いをしたり、体に悪い事ばかりしていた。

廊下側、向かいのベッドの沖田さんは、チラッとお皿に目をやると首を横に激しく振って、ベッドに横になり、毛布を頭から被ってしまった。胃の手術で三分の一しかないという。それにすい臓の動脈が破裂して、お腹を八の字に左右約三十センチ切っていると聞いて、章子は凍ってしまった。

「どこが悪いの、朝比奈さんは」

「甲状腺です」

「甲状腺は多いわ。でもすぐ退院できる」

「五センチ切るのよ。ここにいた三輪さんもそうよ。でも切ったら終わり」

「いや、そうとは限らんよ。薬を一生飲まんといけん人もいるしな」

「隣の部屋のあのかわいい女の子、耳の下まで切ってたじゃない。声がかすれたよ」

一生薬を飲むとか、耳の下まで切るとか、声がかすれるとか、知らなかった。この病室では、患者の病気は癌でも何でも、皆の口に軽々と上る。病名こそ違うが、皆、手術をしなければならない人達ばかりで、体を曝して生きている。「七割悪性」などという言葉に脅えているようでは、とてもここの住人にはなれない。看護婦長が「しばらくご不自由でしょうが、慣れてください」と言ったのはこのことだろう。死神が近づいても、睨み返す、いや顎で追い返す度胸を持てるようにならなければと、章子は覚悟するのだった。

九時、消灯。皆一時間くらい話をして寝るのかと思っていたが、九時も十五分前になると、章子の右隣、乳癌の三田村さんが電灯のスイッチを切った。廊下の明かりがスリガラスの窓越しにぼんやりと見えて、病棟が静まった。

突然、廊下で叫び声とうめき声。酸素吸入の音が暗がりの中でひときわ響いた。ナースセンターにある公衆電話の話し声が聞こえてきた。「血圧が五十から三十に下がった。早く来て、早く」廊下を走る音。「お父さん、お父さん」若い女性が泣きながら叫んでいる。

暗闇の中で耳が立った。誰も何も言わない。朝が来るまで、一人で闇をくぐり抜けるしかない。寝返りをうつ音。布団を引き上げる音。昼間どんなに賑やかに話をしていても、闇の中で、己の病んだ体を改めて確認せずにはいられない。

　看護婦が懐中電灯を持って入ってきた。胃癌の沖田さんのところのカーテンが引かれ、電気が灯った。小声で体の調子を聞いている。電気が消えると章子のベッドの前を通って、窓の方、胆のう癌の入江さんのところへ。薄明りの中で、彼女の低い声。

「大丈夫、大丈夫、すみません。ありがとう、ありがとう」

　章子は喉がカラカラになり、神経が体中張り巡ってきた。体をベッドから引きずり出して、トイレに行く。鏡の前に立つと、寝間着の前が大きくはだけて、焦点のない目をした女がいた。向かいの病室の前に置かれた機器がピーピーと音を出している。病室に戻り、午前三時になっても目は冴えるばかりで、しかたなく病院が出してくれた睡眠薬を飲む。

　二、三時間は寝ただろうか。大声で名前を呼ばれて、入院して初めての朝を迎えた。三田村さんが窓のブラインドを上げていた。彼女が一日の部屋の始まりと終わりを仕切る係である。

「どうなったかね、あの患者は」

「血圧が三十に下がったら駄目なんじゃない」

一晩不安や恐怖を一人で耐えた患者は、夜明けと共に、喉に刺さった棘を次々吐き出す。朝食が済むと、看護婦が来て、体温や血圧を測った。三十五度四分。初めて平熱というものを知った。「おしっこの回数は」と聞かれて、三回と言うと、そんなことはないと言われた。一日に六、七回とのことだが、いくら考えても思い出せない。四十五年間毎日やっていることが何も分かってない。自分の体のことをあまりにも知らなさすぎる。手術の日まで、一番大切なことは尿だ、尿が章子の生死を分けるとばかり、体温と尿の時間と回数をノートに書き留めることにした。

「尿一、七時十五分。大便一、体温三十五度四分。尿二、九時四十分。尿三、十時五十五分。尿四、二時」

午前六時から翌朝六時までの二十四時間の記録を見ると、数字ばかりが書き留められている。尿や大便、体温から体を知り、丸ごと自分を摑もうと必死だった。心に思うこともあったが、手術を乗り切るためには、不安など書いて感傷に浸っている時ではないと、あえて書かなかった。

主治医から手術日が繰り上がって、五日後と知らされて、緊張した。

今日は教授回診の日である。言葉では聞いたことがあるが、実際に見るのは初めてで興味津々で待った。回診の前に、看護婦がカルテの入った大きな紙袋をベッドの上に無造作に置いていった。思い切って開けてみる。腫瘍が描かれ、英語と日本語で石灰で覆われ、内部が不均衡で三センチに達する可能性があるというようなことが書いてある、と思うのだが、正しく解読できているかどうか。下の方に書いている名前を見て、暗室の白衣の人の声が聞こえた。悪性だと、カルテから目が離れなかった。

「先生が来られるので、皆さん、お腹を出して寝てください」

看護婦に言われて慌ててカルテをしまった。白衣の一行が乗り込んできた。大名行列ともいわれているそうだが、納得である。

教授と主治医がベッドの側に立った。婦長が走ってきて、章子を起こしながら言った。

「起きて、朝比奈さんはお腹じゃないの。首よね。看護婦が間違ったの。ごめんね」

〈誤って済むことじゃないよ。恥ずかしいわ、贅肉の付いたお腹を知らない男に見させたりさせて。謝ってよ〉

腹立たしいが突然のことで、声にはならなかった。

主治医の英語の説明を聞いていた教授が指で章子の患部を一押し、「少し腫れているね」と一言言って、医師団は出ていった。

あの時、四回も検査の針で突かれて暴れだしたに違いない。

手術まで後五日。執刀の先生には早く挨拶に行かなければならない。斎藤病院に電話すると、医院長が来てくれた。背の高い堂々とした姿を前に、章子は背は低い、髪はパサついて、寝間着姿でみすぼらしい。こんな姿で研究室に執刀医と面会するのは嫌だったが、手術の時に章子の顔を憶えておいてもらうためなら行くしかない。

「古賀先生がなかなか見つからなくて、あまり早く行っても、患者の顔を憶えてないからね。混乱するんだよ、手術を頼まれている患者が多いから。朝比奈さんの手術が上手くいくように、顔を憶えてもらわないとね」

斎藤先生の言葉に緊張が少し和らいだところで、執刀医の研究室に着いた。

首を握られた感触だけは憶えているが、古賀先生の顔は憶えてなかった。斎藤医院長の言われた通り若い。四十代だろうか。意志の強そうな、知的な雰囲気をたたえ、艶のある肌は医者の自信に溢れ、貫禄がある。軽く腕を組んでいる姿は堂々としている。斎藤先生は背筋をすっと伸ばして座っている。二人を前に、章子は被告席に立たされたように緊張していたが、手術をお願いするともう話すことがないが、沈黙が怖い。勇気を出して聞いてみることにする。

「どうしてこんな病気になったのでしょうか」

「分からない」

「手術後はどうなりますか」

「いつ頃から仕事ができますか」

斎藤先生が助け船を出してくれた。

「良性なら取るだけです、それで済みます。首には大切な神経もありますし、切らずに済むものなら、それに越したことはないのですが、生検では取れないこともありますので。手術の後、声がかすれる場合が起こるかもしれません」

やはり最初の診断通り、悪性と判断が下されたと考えた方が良さそうだ。

「声がかすれるのですか、良性でも」

「そうです。甲状腺のちょうど裏に神経があって、それにメスが当たるんです。努力はしますけど」

この先生が執刀してくれるという実感が湧いてきた。

「悪性の場合は、一年くらいは不調を訴えますね、肩がこるとか、痺れるとか。それに慣れるしかない。まあ冬などは特にそう思うようで、うずうず言います」

「悪性ならどこに転移しますか」

「肺に行く可能性はある」

初めて病院を訪れた時、なぜ胸のレントゲンを撮ったのか、分かった。既に首が腫れ、しかも肺への転移の可能性もあるとしたら、いつ職場に復帰できるかどうかの話ではない。すべてをこの執刀医に委ねて、癌と共存するしかない。くよくよ考えても仕方がない。最後に日ごろ気になっていることを聞いてみることにした。

「私は肩こりがひどくて、それが腕や胸や背中まで広がって、近くの医院で診てもらったら何とか症候群と言われたんですが、手術をしたらそれも治りますか」

ソファーにもたれたまま微動だにしなかった執刀医の顔が緩み、上半身を起こした。

「何だって、何症候群だって」

「名前は忘れましたが、とても辛い痛みで皮膚の上を音も立てないで痛みが走り、群れを成して攻めてきます。痺れます。手術をしたら治ると嬉しいのですが」

「関係ないと思うよ」

「肩こりも甲状腺腫のせいではないのですか」

「違う」

「じゃあ、私、どうしたらいいんですか」

古賀先生は声を出して笑った。

「そんなことを言うなら、仕事を辞めるしかないよ」

「困ります、そんなの、私」

斎藤先生まで一緒になって笑い出した。

学者然としていた執刀医に寄り付きがたいものを感じていたが、笑った顔が子供みたいで可愛かった。この先生にすべて任そう。手術を頼んで良かった。

病室に帰ると、レントゲン検査のアナウンスが入っていた。三田村さんが「痛くないから、安心して行っといで」と、肩をたたいて送り出してくれた。

レントゲンは胸から始まり、全身を前から横から後ろからと、煌々と輝く明かりの中で、白衣の検査官が指示する声が木霊して、ガラスの上で輪郭を付けた体が張り付けになって回転し、骨だけが浮かび上がる。

寝て、食べて、検査して、入院の一日はあっというまに過ぎていく。病室に帰ると、看護婦から検尿がまだ出てないと言われた。紙コップをもらっていないと伝えると、「出してないと先生に怒られるのよ」と言って、章子の提出していた尿を溜めていたナイロンの袋から酌で掬って持って行った。えっ、まさか、そんな。新しい尿でなくても構わないの。白血球の数値とか、データーの数値は変わらないのだろうか。

厳格な検査の中にもこんな手抜きもあるのかと、呆れたり、安心したり、首を傾げた。尿の検査では、患者に毎回の尿を袋に溜めるように指示はされていた。トイレの隅に、名札の付いた袋がずらっと並んでいる。血尿もある。ほうじ茶のような真っ茶色のものから、番茶色と、色も量も違う。桶に取った尿を入れるたびに、名前と尿をひとしきり見て、会ったこともない病棟の戦友と、無言の対面をするのが習いとなった。特に人が来ない深夜は長くなる。辛い治療に耐えている尿よ、生き抜け！

今朝は首と内臓を超音波で診るという。足早に行く主治医の南先生の後に付いて行く。さほど背が高いとは思わないが、元気な人はこれくらい速く歩けるのかと驚く。入院以来それほど体力が下がったとは思わないが、スリッパが滑るのを気にしながら小走りに付いて行くと、重病人になったような気がしてくる。

医局医達が話している部屋の中を通って、窓際のベッドで検査は始まった。病室と違い、暖房も弱く浴衣一枚では薄ら寒い。見知らぬ医者の話し声も気になる。

「ジェリーが付かないように、浴衣の前を大きく開けて」

「無理です。寒いです、下に着ていないから」

「着ていないの！　何も着ていないの」

「まさか。シャツを着てないだけですよ。こんなに前を開けたら寒いです。ああ、そこのタオルケットを取ってください」

タオルケットで体をおおい、何とか寒さをしのいだが、やはり心もとない。ベッドの際に主治医が座り、ジェリーを塗った首の上をスティックを滑らせながら画面を見るのだが、体が遠すぎて仕事がしにくいらしい。

「中央じゃなくて、もっと、もっとこっちに来て」

体を近づけると、横腹が主治医の腕に当たった。熱い。体を引こうかと思ったが、主治医がそのままの姿勢でスティックを動かして画面を覗き込んでいるので、章子も動かないことにした。

体は押し付けられたままで、温かい体温がゆっくりと伝わり章子の体中に巡っていく。人肌とはこんなに温かいものなのか。自分の体を触っても温かいとは思わないが、触れ合うことで、他者の柔らかい感触が、章子の体の温もりを教えてくれる。目をつむって、温もりを全身に取り込もうとした。

「分からんな。見えないよ。甲状腺は素人だからな。見ようと思って見ないと……どこにあるのかな。これかな」

「ちゃんと見てください。あると思って診たらありますから。無い、ということは絶対ないですから。手術が迫っているんですよ、先生」

「駄目だ。見えない。よく見えるように、ジェリーの塊を借りてくるから、ちょっと待ってて」

温もりが途切れた。しばらくして、主治医は長方形のこんにゃくのようなものを持ってきて、首に置いた。

「よし、これでいい。よく見える。二つかな」

「冗談言わないでくださいよ。一つです。前に診てもらった時、一つでした。勝手に増やさないでください。切られるのは私なんですからね。よーく診てください、先生」

「うん、うん、これだと思う。見る気になって見ると見えるな。さあ今度はお腹だ」

気軽に言われるが、次々裸にされると身が縮む思いがする。患者だからといって、贅肉の付いたお腹を見せるのは恥ずかしい。検査とはいえ浴衣の前をはだけた格好はどう見ても裸同然で、白昼、露骨だ。タオルケットを引き上げて胸を隠そうとするが、主治医は一向に気にしていない。

「綺麗だ。お腹は異常ありません」

「先生、顔は？」

「……僕の専門は消化器だから」

章子は思わず噴き出した。

不意に、うねり、吸い込まれ、激しく脈打つ命を、血の巡りを見たくなった。激しい言葉が欲しかった。

「先生、首のところ、癌細胞は見えましたか」

「何もそんなものは分からんよ。多分癌じゃないと思う。病院では乳癌と甲状腺癌はちゃんと言うから。多分違うよ」

何という優しい慰めのお言葉。昨日執刀医の古賀先生からこの言葉が聞けたら、どんなに嬉しかっただろう。章子の不安は腰を据えた。

「もう入院する前に癌だと言われてきたもの」

「そう思っているならそれでいい。悪いと思っていて、後から何でもなかったという方がいいから」

主治医はそれ以上何も言わなかった。慰めようにも、医者として言えることはそれしかないのだろうが、そこを何とか言葉で埋めて欲しい。しかし病気などには縁のなさそうなこの医者に、それを求めるのは酷なことかもしれない。


手術を間近にして忙しくなったが、週末が来ると病棟は外泊する患者でがらんとなる。章子はこの暖かい三食付きの部屋に残ることにする。

沖田さんは、毎日昼食の時に会社から駆け付ける年下の夫が、今日は看護婦から点滴の仕方を習って、一緒に帰っていった。三田村さんは左右の乳房を手術して腕がよく上がらなくなったのでラグラン袖のセーターを着ている。「種蒔きの時だから帰るよ。留守番くらいしかできないんだけどね」と言って、迎えに来た二十四、五歳の物静かな娘さんと帰っていった。

二つの袋と小瓶を付けた点滴台《スタンド》が離せない胆のう癌の入江さんと、帰るには遠過ぎるすい臓癌の北田さん、それに章子の三人が残った。

いつもは寝ていていても、いるだけで部屋を満たしてくれるのだが、向かいのベッドが二つ、すぐ隣が一つ空くと、さすがに薄ら寒い。三人のベッドでは、テレビが灰色の画面を向けたままである。掛布団が足元に折り畳んであり、ベッドの白く広がる谷間が冷たい。目尻を少し下げた人形が首を傾げて枕元を見ているのも、いつもなら愛らしいと思うのだが、今は泣きべそをかいているようだ。

章子は独りで暮らしていても寂しいとは思わないのだが、入院してからは人恋しくて仕方がない。浴衣からパジャマに着替えると、ゴムがきつく感じて着ておれない。どんどん病人の体になっていくようで恐ろしい。

ベッドは空いたが、部屋の見舞客が増えた。家族を持っている人は、こんなに見舞客が多いのかと驚く。住職の奥様である北田さんには、村長夫妻を始め次々にやって来た。

それより見舞客が多いのは、入江さんだ。いつもは娘さんが世話をしているが、今日は娘さんの夫や子供達、入江さんの兄妹、親戚、勤め先の同僚と絶え間なく来て、一段と賑やかになった。初孫の小学生と話す時の彼女の顔はとても優しくなった。

「おばあちゃん、僕、大きくなったらお医者さんになるよ」

「ありがとう。でもパイロットになりたいと言ってたよね。おばあちゃんが病気をしたくらいで、なりたいことを変えてどうするの。おばあちゃんは病気をするどころか、死ぬことだってあるんだよ」

死ぬ、という言葉が章子の耳に突き刺さった。入江さんの母親も見舞いに来ている。章子の亡くなった母と同じくらいの年だ。深い皺の日焼けした顔がじっと入江さんを見ている。代われるものなら代わってやりたいと思っているに違いない。一言も声を発しないで、親より先に逝くだろう娘から一時も目を離そうとしないで食い入るように見つめている。

章子のベッドには看護婦がやってきて、術後の合併症を防ぐための深呼吸やベッドの上での運動、痰や咳の出し方、寝がえりの仕方を教わった。

日曜日の夕方になると、外泊した人達が戻って来る。沈殿していた病室の空気が動き出し、心がほどけてくる。

しかし夜眠れないのは相変わらず続いている。幾度となく寝返りを打っているうちに、夢なのか、幻視なのか。曲がりくねって捨てられた一本の針金が、闇の中に見えてきた。針金は道行く人に踏まれる度に僅かに軋る音を立てて、位置をずらしている。いつまでも止まない雨にかじかんで端から錆びてくる。

目を覚ますと、すでにブラインドは上がっていた。向かいの研究棟の窓には、一晩中灯っていたと思われる蛍光灯が何本も横に走り、白衣の人が動いているのが見える。夜も昼もなく研究が行われているのだ。章子だけが眠らなかったのではない。食べて寝て、検査をしてもらって、手術を待っているだけで何もしていないのだから、夜眠れないくらい、何でもないではないか。そう思うと、ひび割れそうな頭が静まった。

入江さんが一番行動が早い。洗顔し、お湯を沸かしに行ったかと思うと、花が長持ちすると言って製氷室の氷を花瓶に入れる。点滴台をうまく動かして仕事を片付けていく。入江さんの癌は粉末状になっていて、一か所にとどまっていないので、手術が難しいらしい。

「朝比奈さんは明日手術だね。羨ましい。私はいつになったら手術をしてもらえるのかな」

「炎症が治って、体力が回復したら、手術はしてもらえるよ」

そうは言ったものの、彼女は一口か二口、食事に箸をつけたと思うと、もう食べようとしない。

手術前の教授回診が始まると、医者の白衣で患者が見えないくらい病室が白一色になる。主治医の甲高い声が聞こえるのだが、今日は医師達が何を言っているのか、耳に入らない。手術してもらえるのは嬉しいが、術後どうなるのか、何も分からなくて不安で、心が凍結してしまっている。恐れるな、怖がるなと自分に言い聞かせても、そんな自分をどう扱っていいのか。

一緒に来た看護婦長が手術後、個室か相部屋を希望かと聞くが、即答できない。この部屋で駄目ということは、よほど術後が大変だということなのか。

「どうしてこんな簡単なことに答えられないのですか」

婦長は声を荒げたが、なぜ部屋を変わらなければならないのか分からないのだから、答えようがないではないか。術後一人になって、どんないいことがあるのか、相部屋だと、どんな困ったことが起こるのか。今の章子には判断できない。「簡単なこと」と婦長は言うが、全身麻酔の手術などしたことがないから、どう考えたらいいのか、案じている間に、同じ日に手術をする北田さんが個室に入ることになって、章子はほっとした。今まで通り、この部屋の温もりの中に続けておられることがいいように思う。

いよいよ手術のための残りの検査を済まさなければならない。肺活量の検査は、沖田さんから千メートル走ったくらい疲れると聞かされていたので、気が進まなかった。主治医から内臓に異常がないと言われた以外、病院に来て褒められたことがない。医者の申し訳なさそうに話す顔を見ていると、何とかクリアしたいものだと祈る思いで出かけた。

「吸って、吸って、吸って、まーだ、まだ、まだ、まーだ！」

検査官はパンと両手を大きく叩いた。

「吐ーいて、吐いて、吐いて、吐いて、もーっと、もっと、もっと、もーっと！」

「三千七百五十。凄い、二十代よ。年を取ると減るんだけど。いいわよ。何かしているの」

水泳をしていて良かった。入院以来、章子がこんなに褒められたことはなかった。劣等生が一つだけ及第点を取った。

浮き浮きしながら、麻酔科に回った。受付の奥から、医者が「心臓発作を起こしそうなので、ちょっと延期したいと思いますのでよろしくお願いいたします」と電話をしているのが聞こえた。手術の承諾書に印を押すだけと気軽な気持ちで来たのだが、病院というところは油断も隙もない。死が思わぬところで顔を見せる。眠っているうちに手術は行われるというようなものではなさそうだ。

麻酔に関することを二、三聞かれた後、サインして印を押すと、「何か質問は」と尋ねられた。

「深呼吸ができなかったらどうなりますか」

「腹式呼吸でも胸呼吸でもかまいません。咳をする練習をしておいてください。心臓や肺の手術ではありませんのでそう心配する必要もありませんが、けっこう、痰が溜りますのでね。咳をして痰が取れると安心ですから」

傷痕が痛んで咳をすることが困難になり、窒息死することがあるのだろうか。質問するにはあまりに恐ろしい。

「先生、痛いですか。麻酔が切れたら」

馬鹿な質問をしたと思ったら、医者が笑った。

「それは痛いですよ。手術が終わったら麻酔は切れますからね。手術室を出る時には痛いですよ」

「そうですよね。麻酔が切れないと植物人間ですよね」

自分でも何を言いたいのかよく分からなかったが、医者の笑い顔に励まされていた。無意識のうちに、章子は時間を稼いで、一人になることを少しでも少なくしようとしていた。医者に近づけば死が顔を覗かせる危険があるが、医者の近くにいると安心もする。叱られて泣く幼児が怒った母親に抱きつくようなもので、章子は必死に恐怖から逃れようとしていた。

何を恐れているのか、よく分からない。何が分からないのか、分からない。見えないものが、見えないと言って恐れている。得体の知れない恐怖を体が抱え込んでしまったようだ。

病室に帰るとしばらくして主治医が、手術です、お待たせしましたといわんばかり、手を高く上げて入ってきた。ベッドまで三、四メートルしかないのに前屈みになって、丸い体で走ってくる。ドングリコロコロとひらめいて、笑えてきた。

「朝比奈さん、やろかー。明日の朝、二時間、ヘルニアの少し大きいくらいの手術」

「やろかーじゃないですよ、先生。手術はそんなに簡単なものではありません」

「簡単、簡単。すぐ済むよ。付き添いがいるから、家族の人に来てもらって。これからリンパの流れを診る検査に行こう。最後の検査だよ」

主治医の手にかかると、何でも簡単、簡単なのだが、いなくなると、倍々悪く考えてしまうから始末が悪い。もう少し側にいて欲しい。

美緒に言わせると、「中年女と話したがる青年はそういない。真っ赤なフリルの付いたネグリジェでも着たら」と言うのだが。病室の辞書には、ネグリジェという単語はない。

リンパの検査に行く。放射線科の鉄の扉を開けると、薄暗く、体が一つ乗るだけの細い台がぽつんとあった。薄ら寒い。ガラスの向こうにも医者の姿が白く浮き上がって見え、病室によく来てくれる看護婦が放射線をカットする緑のエプロンを着て検査に備えている。

麻酔をした首に、長い針が刺された。右目を走らせて主治医を探すと、目の端に立っているのが見えた。

「すぐ済むから、ちょっと我慢して」

「お願いします」の主治医の声と同時に主治医は消え、検査医が針を刺した。

首が弓なりになって、山のように固く突き出て、針の責め苦を受けている。針を刺すたびに背中が収縮して反り上がる。これ以上背中が突き上がらないよう、どこか摑むところを手探りすると、腰の辺りに左右に盛り上がったところがあった。握るには厚すぎるが、台から体が落ちないように指を立てて体を支えた。それでも弓なりになる。緊張しているからだと思い体を緩めるが、また針がじりじりと押し込まれて、背中がしなった。目尻に涙が溜まってこぼれそうだ。一度流れると止めどなく流れるから、〈我慢して〉と言い聞かすと、大きな球になって、目尻でコロコロ転がっている。

「朝比奈さん、頑張って。もう少しだから」

遠くから、主治医の大きな声が聞こえた。首に力を入れて、頭の右上の方にある画面の方に目をやった。造影剤を入れて映し出された腫瘍は、親指で拇印を押したような影を見せていた。逃げ遂せるわけもないほど大きくなっている。生暖かくぬるぬるする首を、看護婦が何度も拭いた。ガラスの向こうから「撮れていない。もう一度」と大きな声。部屋はまた静まり返った。首が濡れた。声を出そうにも、頭を動かそうにも、手も足もどうにもならない。

首に大きなガーゼを厚く重ねて紙テープで貼った物々しい格好で部屋に帰ると、「もう手術したの？」と皆にびっくりされた。

新しい患者が章子の真向かいに入っていた。これでベッドはすべて埋まった。乳癌の国枝さん。章子より少し若そうで朗らかなのが、嬉しい。今は周りに一人でも多い方がいい。

術後に使うさらしと頸帯を売店で買ってナースセンターに届けると、後は風呂と首の毛剃りだけである。首のガーゼを取ると、看護婦が「これは蜂の巣だよ。随分と刺されたね。かわいそう」と言いながら、顔を近づけて、耳の下までカミソリを当てた。首を横一文字ではなく、耳の方まで剃ったということは、リンパを取るということもあるということだ。それでも手術台の上では、全身を見せるということはないので助かる。

しかしこれは章子の大変な誤解だった。麻酔が完全にかかってから、体の消毒や尿管が付けられて、全裸を曝すことになる。看護婦からそのことを知らされて、恥ずかしくて体中が燃えるように熱くなり、あわてて両手で浴衣を抑え込んで体を隠した。

風呂から出ると、もう何もすることがなかった。「何が怖いですか」と看護婦が聞くが、答えられない。そのような質問をされるほど、章子は外目にも緊張しているのだろうか、何かを摑みきれない。手ごたえのあるもの、それが摑みきれない。

突然、ベッドが震えた。体が勝手に震えていた。ベッドの鉄パイプの柵を持つと、小刻みに震えてガタガタと音がした。手を放すと、音は止まったが、体の震えは止まらない。カーテンの暗がりの中で、震える体を両手で強く抱きしめた。

突然、カーテンが開いた。目の涼やかな、一八〇センチくらいの背丈の白衣の青年が入ってきた。五月晴れのような爽やかな風が吹いた。

「麻酔の多田です。明日の手術に麻酔を担当します。血圧を測りますね」

「苦手です。いつも低くて」

「そうですか。測ってみましょう」

澄んだ落ち着いた声に、横たえた体が緩んで布団に馴染んでいった。しかしこの医者も低いですね、と遠慮がちに言うに違いない。

「一二〇と八〇ですよ。正常ですね」

「えっ、本当ですか。緊張しているものですから」

緊張しているからというのは、おかしい。不安ですからとか、手術が怖いからと言うべきだった。緊張などと不自然な言葉を口走って、もしかしてこの医者に緊張しているのだろうか。急に体が熱くなった。

そんな章子の動揺に気がついたのかどうか、「いいですよ」と、麻酔医は何事もなかったように言った。

「今日は下剤と睡眠薬を飲んで寝てください。いつも飲んでいる青い粒のものです。あまりきついのを飲むと、起きる時が大変ですから」

ゆっくり確認するように話す顔が、枕元の電気に照らされて陰影を付けていた。いい顔。綺麗な歯並びの口元から、気持ちのいい声が聞こえる。

聴診器をしまい終えると、「オーケー」と言って姿を消した。

と、すぐにカーテンが勢いよく開いて、同僚の洋子が入ってきた。「麻酔の先生とすれ違った？」と章子が聞くと、洋子は声を上げた。

「凄い美男子じゃないの。章子さん、ついてるね。あんな美男子だったら、私も麻酔をかけてもらいたいわ。大丈夫だね、この調子なら。……遅くなってごめんね。仕事片付けていたら、遅くなったの。明日は午後から、付き添いをさせてもらうわね。学生時代寝たきり老人の看病をしたことがあるので、慣れているのよ。心配しないで」

やっぱり美男だったか。あまりの突然の出没に、夢のような気がしていた。

それにしても、洋子の思いがけない申し出に救われた。美緒は付き添いなしでやったと言ったし、病院も完全看護だから一人で大丈夫とは思っていたが、訳の分からない不安に、今、誰か横にいてくれることはとても心強かった。洋子は章子より一回り若い。イギリス文学を担当しているので、職場では一番話をする機会が多い。仕事以外に、一緒に服を買いに行くこともある。

初めて催促しなくても、看護婦が睡眠薬を持ってきてくれた。これでゆっくりと眠れそうだ。

五時過ぎに目が覚めた。ナースセンターだけが明るく、まだ建物全体は寝静まっている。廊下には北田さんと章子のために担架が二台置かれている。手術室に行く準備が六時から始まるまで、麻酔のかからないうちにできることを急がなければならない。

妹に宛てて手紙を書いて、地下の郵便局まで急いだ。地下道は売店も食堂もシャッターが下りて、洞窟のようにひんやりとしている。走ると足音が木霊し、章子は急き立てられ、追いかけられていた。

病室に戻ると、看護婦が浣腸をしようと待ち構えていた。それが済むと、美緒や洋子へ伝言を書いたが、書き足らないような気がして、また鉛筆を走らせる。書いても書いても、言葉が足りないようで文字が上滑りする。

昨夜から手術後看護がしやすいようにベッドは出口に近い一番端に移動しているので、ベッドの横が広くなっている。執刀医が悪性の場合について話したことを思い出した。どんな事態になっても対処できるように、準備が着々と整えられている。

八時の出発に、後三十分しかない。手術は刻一刻と迫る。カーテンを通して朝の光が広がる中、身を硬くして横になっていた。病室の皆は会話を交わしながら朝の準備に忙しいが、章子のカーテンに声をかける人はいない。

突然、カーテンが開いて、美緒が入ってきた。

「おはよう。もうすぐね。ちゃんと用意ができてるのね」

美緒のにこやかな顔が、章子に向けて笑いかけていた。会いに来るのは、手術の前がいいか、後がいいかと彼女が聞いた時、「前」と言っておいたが、朝も早いし、会えないものと覚悟していた。

「ありがとう。朝早くてごめんなさい。来てもらえるとは思わなかったわ」

「来ると言ったら来るわよ。ついでに私も内科で診てもらうことにしたわ。更年期障害かな。これくらい早いと、外来も一番で診てもらえそうよ、心配しないで。また来るから。それじゃあね」

そう言うと、美緒は首を傾げにこっと笑い、手の指を一杯に開いて子供のような仕草でバイバイをして出ていった。こんなに早く来てくれたのは、手術室に向かう前の患者がどんな思いでいるか彼女自身が体験しているからだ。

「朝比奈さん、もう準備できた？」

三田村さんがカーテン越しにかけてくれた声で、反射的に身を起こした。何かが音も立てずに迫ってくる。廊下にあった担架《ストレッチャー》が病室に運び込まれているのが、カーテンの切れ目から見えた。生まれたままの姿で毛布の中に身を入れた。

いよいよ出発と思ったら、看護婦が鼻から胃まで管を通すと言う。鼻に入った管がなかなか呑み込めなくて、えずいた。鼻に入れたり抜いたりするので、管に血がついて、ますます入りにくくなる。看護婦の眉間のしわが深くなった。

「いいです。手術室で入れてもらいます」と荒げた声で、担架は動き出した。

看護婦の押す担架は速かった。麻酔の注射のためか、白い天井だけがくるくると回って、どこをどう行っているのか分からない。新しい看護婦に代わり、「心配しないでください」と言ったかと思うと、突然ボクシングのグローブのような形をした鉄のパイプから大きな音と共に強い風が吹き付けた。風が止むと、担架が止まった。章子の髪が布で包まれると、隣の担架に移るように言われた。シーツに包まれるようにして横になっているので、手足は動かせないし、目を四方に走らせるしか視野がきかない。どこにいるのか分からないが、医療用のダンボールが積み上げられているから、手術室ではなさそうだ。

すぐ隣に担架があることに気がついた。人がいる。男か女なのか、声をかけようと思うが、どう呼びかけたらいいものか。

「あさひなあきこさんですか」

突然、看護婦に名前を呼ばれた。

「ふみこです。あの、あきこではなくて。ふみこと読みます」

「ふみこなの、珍しい読み方ね。そう、ふみこと読むの」

こんなところまで来て、また名前を間違えられた。小学校の卒業式にも間違って読まれた、母が付けた名前。今まで何度も読み間違えられてきた。ここまで来て間違えられるようでは、もう駄目だ。ややこしい名前は付けないで欲しかった。

担架が動いて、ダンボールが消えた。

「右の方に移ってください」

言われて移った台は、やっと体が乗るだけの狭さで、まな板の上の鯉だと悟った。

「眠くないですか、朝比奈さん」

突然、真上から男の声が聞こえた。大きなマスクをして、緑のキャップをしているので、見えるのは太い眉、二重目蓋の切れ長の目、その間から高い鼻。恐ろしいほどの威厳がある。どこかで見たような気がする。

「先生、昨日私の部屋に来てくださった先生ですか」

大きな声を出したつもりが、くぐもった声だった。

「そうですよ」

あの時、七三に分けた髪はメンズムースで濡れて艶っぽかった。真っ白い歯をオンパレードしていた青年が、仕事場ではこんなに威厳がある医者になっている。グレイト　ドクター、いや、鞍馬天狗に似ている。麻酔医以外人の気配がない。執刀医はどこ？　静まり返っている。のっぺりくすんだ白ばかりが広がっている。色が欲しい。もっと声が、人が欲しい。

「注射をしますよ、朝比奈さん。それでは血圧を測りますよ、朝比奈さん」

また血圧である。主治医は九〇と六〇位はざらにあるから心配はいらないと励ましてくれたのだが。

「一二〇と八〇です」

「えっ！」

「まだ緊張しているのですね」

昨夜章子が言った言葉を憶えていてくれた。途端に緊張が解れ、恐怖で凍り付いていた体が波紋を描きながら緩み、足の先、手の先、髪の毛の先にまで血が流れ走りだした。冷たかった体が熱くなって、ピンク色に染まっていく。血管も皮膚も声を上げて笑い、体が揺れている。口が少し笑っていると思うのだが、声は出てなかった。

「それではこれから本当の麻酔をかけますよ、朝比奈さん」

麻酔医は効き目を気にしているのか、安心させるためか、盛んに名前を呼んでいる。

「済んだよ、朝比奈さーん」

大きな声で呼ばれて、目が覚めた。日曜日の朝、ぐっすりと眠った後、部屋に差し込む朝日に起こされたような爽快な気分だった。起き上がろうとしたが、引き戻されたように頭がベッドに落ちた。足元に黒いズボンを穿いた白衣の主治医が広げた大きなシーツを畳んでいるのが見えた。手術が終わったのだ。右側に麻酔医、左側に看護婦がいた。

「甲状腺異物削除。呼吸十二」

麻酔医の大きな声が響き渡った。憶えておかなくてはと、耳に全神経を集める。

「朝比奈さん、呼吸がおかしいよ。深く呼吸をして」

看護婦の声にせかされて、深呼吸、そうだ、腹式呼吸をする。顔の前が騒がしくなって、空気が重苦しく渦巻いた。痰が溜まってきた。

「何ですか」

手を伸ばして、空に「たん」と指で書いた。さっとスチールの管が口に投げ込まれ、ジャーと音を上げた。担架が動き出した。目がしょぼしょぼして、目を開けているのが眩しくて、苦しい。天井が回る。もの凄いスピードで天井が走り、顔の周りがザワザワする。

酸素マスクが取れるのは、深呼吸をしっかりするかどうかで決まる、と言われていたのを思い出した。「深呼吸、深呼吸」と号令をかけないと、呼吸が遠のき、深い眠りに落ちてしまいそうになる。寝ていたのか、呼吸していたのか、深呼吸という思いだけが、頭の先から全身に檄を飛ばしていた。

看護婦にシーツの四隅を持たれて、深い穴に落ち込んだような格好で、章子は病室のベッドに移された。夜が近いのだろうか、薄暗かった。

深呼吸をしようと思うだけで、とても話をする力など出てこない。病室まで帰ってこられたのだから頑張れ！　でももう、自分を叱咤激励する力も出てこない。まどろんで、身も心も落ちていった。

大息をして、目が覚めた。とっさに、深呼吸、と言い聞かせる。酸素マスクをしたまま呼吸をしていると、息が詰まりそうになって大息になることがある。それで深呼吸をしたことになるのだが、それだけでは不十分だと思ったのだろう。疲労困憊で脅えた心が体に深呼吸を命じている。

「けっこう、痰が溜まるんですよね」

医者ののんびりとした声が聞こえた。

「痰を取って、痰を取って」

章子は金切り声を上げているのだが、聞こえないのか、人がいないのか。仕方がないので、そのつど、小刻みに咳き込んではマスクを外す。左手を伸ばして、ティシュペーパーを取る。痰を包む。屑籠に投げ入れる。何度も何度も繰り返す。取っても取っても痰は溜まる。起き上がって、大きな息をすればスッキリすると思うのだが、メスで切ったところが裂けるような恐怖が襲ってくるから、朦朧とした意識の中で、ナースセンターに繋がるマイクで、痰が出ることを盛んに訴える。

「横を向いて吐いたらいいのよ。吐いてください」

何度も呼ばれる看護婦はベッドに来るなり、同じ言葉を繰り返すばかりで、血圧は測るが、痰の処理はしないで行ってしまう。もう頼りになるのは深呼吸だけと、深呼吸に絶大なる信頼を寄せて、深呼吸をする。

「峠は越えたね。後は良くなるだけだわ」

突然、美緒の声。彼女が見舞いに来てくれたのだ。彼女は主治医から肉眼所見からは悪性とは思えないと聞かされていたそうだ。

しかし章子は「元気になったら話す」と言った主治医の言葉に、悪い想像ばかりしていた。首や手足が抜けるようにだるい。ベッドに寝ているというより、体が下へ、下へ、奈落の底に落ちていくようで、どんなに力んでもそれを止めることはできなかった。

「少し寝たら」

美緒の一言はありがたかった。自分で勝手に寝ると、もし深呼吸が止まったらと思うと、怖くて決断できなかった。やっと許可を貰ったと思うと、また深い眠りに落ちた。

枕元に人の気配を感じて目が覚めると、同僚の洋子が学生の寄せ書きを持って来てくれていた。

「まあ、ありがとう、嬉しいわ」

「喋れるんだ。大丈夫だね」

「机の上の手紙を読んでね。それから腕時計も取ってくれる」

「何でこんな時に時計がいるの。授業もしないのに、時計などいらないよ」

苦笑している洋子に、それでも無理やり付けてもらった。四時だった。主治医の言った通りなら、手術が二時間かかったとして、術後五時間が過ぎている。カーテンで遮断されたベッドでは、深呼吸はやってもやっても止めていい状態にはならなかった。いつまでやればいいのか絶望的で、時だけが過ぎていく。一分でも二分でも、深呼吸の仕事が少なくなっていることを、この目で、時計で、知りたかった。

もしかして、永久に深呼吸をする?! と頭の隅で閃いて、打ちのめされた。初めがあれば、終わりがあるという時の経過が見たい。時計の針は音をたてないが、動いているはずだ。眼前に覆いかぶさるようにある酸素マスクの中の水疱は、拭いても拭いても拭いても溢れた。深呼吸も、目を開けることも、洋子と話すことも止めて、酸素マスクを顔から外して休みたかった。

しかし麻酔から目覚めれば、意識は戻ってくる。健康だった時と同じことを考えている。何本もの管に繋がれて身動きならないほど疲れ切っているのに、洋子には話し相手をしないと失礼になると思ってしまう。でも話すのも苦しいから、頑張って言った。

「声　が　出　な　い　よ」

「手術したんだもの、当り前よ」

洋子は耳を章子の口に近づけた。全身で出している声が、そうまでしないと聞こえないほど小さいのか。甲状腺の手術をすると声がかすれると聞いていたが、こういうことだったのか。教壇に立てないとすると、どうして食べていけばいいのか。話すことが駄目なら、書くことしかないのか。いや、命が助かっただけでもありがたいと思わなければならない。これからどう生きるか、どうして生活するのか、と繰り返し問うていた。

手術から二日経って洋子にそのことを話すと、呆れたという顔をされた。

「手術したばかりなのよ、よくもまあそんなことを考えられるわね」

洋子に比べ、独身の章子はまず食べることを考えてしまう自分に苦笑した。

「独り者は色気がないのよね」

洋子が不意に手を伸ばしてきて、章子の手を強く握りしめた。痺れていた手に血が勢いよく通いだしたのか熱くなった。それでも腕が抜け落ちるようなだるさも感じていた。

夕方六時に主治医が来て、「こんなもの付けていたら嫌だよね。もう取ろう」と言って、酸素マスクを外してくれた。何という身軽さ。思う存分、空気が吸える。口が自由に動かせる。頭が動かせる。目が見える。頭で考えられる。目の前の空気が動き、爽やかに薫っている。首から上がこの世に生還した。

「先生、手が痺れる」

「そんなはずはないよ」

「それでも痺れる」

「左手は針が入っているから、そう思うんだよ」

「右手が痺れる」

「そんなはずはないけど……それじゃあ僕の手を握ってみて」

差し伸べてくれた手を握った。

「力もあるし、まあ手術の時に手を体に沿わせていたから、血行がよくなくて痺れているように感じているだけだよ。大丈夫、大丈夫」

主治医はいつも大丈夫、大丈夫先生だ。しかし右目の奥辺りから首にかけて鉄棒が入っているような張りと凝りが、体の右側全体にだるさと痺れとなって広がっていた。麻酔の後遺症かもしれない。洋子が手をさすってくれると、痺れは止んだ。さするのを止めるとまたぶり返した。

看護婦が血圧と体温を測りに来たが、聞いても、「数字に捕らわれないように」と言うだけで教えてくれない。朦朧として、目を開けておくことも苦しかった。座薬を入れると言う。尿を出す管が付けられ、肛門に座薬を入れられるのを洋子に見られていると思うと、頭に血が昇るほど恥ずかしい。帝王切開でお産をした妹は、「あれは便利で良かった。トイレにいかなくてもいいから」とあっけらかんとしていたが、章子は思い出す度に恥ずかしかった。

八時にベッドに寝たまま、横飲みで、重湯を飲むように言われた。昨日から何も胃に食物を入れていない。細く長いガラスの飲み口を見ているだけで、体が硬直し、透明な湯が劇薬に見えた。主治医や看護婦、洋子が見守る中、飲むしかないと覚悟を決めた。

胃袋にチンと音を立てて、重湯が飛び散った。痛い。もう一口、口の中でよく噛んで、そっと胃袋に行きますように。食道を滑るように流れて行って欲しいと、祈るような気持ちで飲み込んだ。怖い。これ以上飲めそうにない。

消灯の九時に、「もう寝ようね。今日は大変だったね。手術して疲れているから、注射して眠れるようにしようね」と労ってくれた看護婦が、天使に見えた。

簡易ベッドを入れて、洋子も横で寝てくれた。

朝の騒めきの中で目が覚めた。お尻の辺りが濡れていることに気がついて、慌てた。

「濡れているね。力むと外れるのよ。もう取ろうかね」

看護婦が管を取ってくれて、また身が軽くなった。たった一本の管で下半身がベッドにくくりつけられて身動きが取れなかったのだが、腰から下にも自由が戻った。

今からは、立てる。病室の外のトイレに行ける。血圧も、一二〇と八〇。これは「緊張」しているからではないと、あの麻酔医なら証明してくれるだろう。お粥と裏漉ししたホウレン草と甘味噌を朝食として食べた。

手術後初めて、患部からの出血を溜める箱を左肩にショルダーバッグのように掛けて、大小二つの瓶をぶらさげた点滴台を右手で押して、トイレに行った。スリッパを床に滑らすようにして進むので、廊下とトイレのわずかな段差にも緊張した。入院当初、同じような患者を見ると肝をつぶし点滴台の移動を助けたり、ドアを開けてあげたりしたことがあった。外目には痛々しい姿だろうが、今の章子には、何とか一人でできて誇らしかった。

トイレから帰って、看護婦にベッドのカーテンを全開してもらった。窓の外は晴れていた。ベッドに正座して、皆に挨拶をした。

「若いから回復が早いね」

「元気だね」

口々にかけてくれる皆の言葉に手術が終わった実感が込み上げてきた。看護婦が出入りするいつもの病室が暖かく、活気に溢れて見えた。見舞いに来てくれた美緒や洋子も章子の回復ぶりに驚いていた。

ベッドから起き上がるには洋子の手を借りるが、午後からは看護婦がくれた説明書通りにやれば一人で起き上がれるようになり、踏み台を使えば、ベッドから下りることもできるようになった。一つずつ元の自分に戻っていくのが目に見え、ぐいぐいと突き上げてくる命に章子は励まされていた。

執刀医の古賀先生が入ってきた。

「声はどうですか」

先生から、メスが神経に当たると声がかすれる、と言われていた。当たらなかったのを確かめたくて、章子に聞きにきたのだ。章子もそこが一番知りたいのだが、今日のところでは正直に言うしかなかった。

「少し声がかすれているようで出にくいです」

「そう」と先生は言って頷くと、乳癌の手術が近い国枝さんの方に行ってしまった。

今日は妹の誕生日だと気がつき、電話をする。

「えっ！　もう声を聞かせてもらえるの」

「声、変わっているかな、先生に聞かれたのよ。私は、あまり声が出ないような気がするんだけど」

「出てる、出てる。声は変わってないよ。綺麗！　前より綺麗よ」

受話器の向こうで、妹の声が歓喜していた。低い声で暗い感じを与えると思っていた地声がこんなにも人を喜ばせたことがあっただろうか。手術が上手くいったのだ。章子が元気でいること、それだけで妹が喜んでいる。周りの人が幸せになっている。何という幸せな関係だろう。

夕方、麻酔医の多田先生が入ってきた。

「どうですか」

「はい、お陰様で。先生、手術のことを教えてください」

「主治医から聞いていませんか。執刀は古賀先生。縫ったのは南先生。丁寧に縫っていらっしゃいましたよ」

「甲状腺は機能しますか」

「あのくらいなら、大丈夫です」

「良性ですか、悪性ですか」

「分かりません」

淀みなく続いていた会話が途切れた。聞いてはならないことを、また聞いてしまった。ここまで来ても、病名は保留である。

多田先生は聴診器を当てて、「奇麗な音ですよ」と顔をほころばせていた。

せせらぎの音、鳥のさえずり、恋人たちの話し声か。聴診器を借りて聞いてみたい衝動に駆られるが、ただ先生を見つめる。感情をなかなか表さない先生がいい顔をしているのだから、いい音、綺麗な音に違いない。

夜遅く、点滴が外された。手の甲を走る血管から抜かれた針は、畳針のように太く、五、六センチの長さがあった。この針のために、左手は肩まで痺れ、だるくて、自分の腕とは思えなかったのだ。だらしなく開いた五本の指はどんなに動かそうとしても動かなくて、丸二日間、力なく同じ形をしたままだった。よく頑張ったねと、手の甲を何度も何度も優しく撫でてあげた。

声が戻り、麻酔が完全に抜け、点滴も取れると、後は傷口からの出血が止まるのを待つだけである。食事も今朝から普通食になった。二泊してくれた洋子は帰ったが、北田さんが個室から戻ってきて。また六人になった。

手術後二日にして、元いた真ん中のベッドに戻ることができた。端のベッドでは向かいの建物しか見えなかったが、ここからは背を屈めると真一文字に青空が見える。

紫の蘭の花束と果物を抱えるようにして、水泳クラブの仲間が見舞いに来てくれた。枕元に花を生けると、急にベッドが華やかになった。微熱は相変わらず続いている。分厚いガーゼを当てがった首は伸ばすことができないので、化膿止めと胃薬の粉薬を飲むのも苦労する。病人そのものなのだが、気持ちだけは退院後に飛んでいた。

貰った果物は皆に食べてもらう。マンションに暮らしていても隣人と互いの家に行ってお茶を楽しむということもないが、病室ではごく自然にお互いの見舞い品を分け合ったり、おかずや雑誌の交換をした。誰かが熱を出したり、苦しめば、ナースセンターに走った。それぞれの病は自分一人で闘うしかないが、入院して、励まし助け合うことが自然にできるようになったことを知り、そんな自分を好きになっていた。

枕元の花に見惚れて、横から下から、離れたり近づいたりして見た。

「他に見るものがないから、綺麗に見えるのよ」

三田村さんは素っ気ない。

「切り花を見舞いに持ってくるのは嫌いだわ。枯れるんだよね。萎んでいくのを見るのは辛いよ。病室は暑いから、切り花は向かない」

入江さんは厳しい顔をした。毎朝、彼女が花瓶に氷を入れているのを見て、花が好きな人だと思い込んでいた。三田村さんや一年近く入院生活を送っている沖田さんのベッドを見ると、造花が飾られていた。どんなに打ち解けて話をしたり笑っていても、皆の心は片時も死から目をそらせていない。

入江さんは皆と同じ黄色の点滴瓶の他に、長方形の大きな赤色の袋を常時吊している。章子の手術があった日、入江さんは放射線治療が始まっていた。体力が激しく消耗するのか、口内炎が出だした。口の中に塗られた紫色の薬のためか、話をするとお歯黒のように見えた。看護婦が「入江さん、紫の口紅よりピンクの方がいいかね」と言って笑わせようとするが、ますます食事が進まなくなっている。

「もう嫌になるよ。このまま病院にいることになるのかね」

「何言ってんの。弱気になったら駄目よ」

とは言ったが、彼女の口内炎は悪化して唇まで深くひび割れてきた。あの口では食事どころではないだろうが、ご飯が出ている。たまりかねて、「お粥に変えてもらったら」と言ってみた。次からお粥になったが、それでも口に入れることすら痛そうである。

「食べないと死ぬよ」と言おうとして、「生きる」と「死ぬ」は神の仕事、みだりに口にするものではないと、章子はうつむいてしまった。

章子は食欲はあるが、患部からの出血を入れる箱に一センチほど溜まっているので、退院はまだ先になりそうだ。

それでも、病室では章子のことで話が盛り上がっていた。

「病気になるのは一人でいるからよ。食事がおろそかになっているのよ」

「大学の先生では結婚相手を探すのが大変だよ」

「職業と結婚するわけじゃないから、関係ないよ」

「結婚も大変だよ。仕事と結婚の両立は難しいから、子供だけ作っておけばいいと思う」

「一人で育てるの？　それもしんどいよ」

章子は話の輪に入らないで、皆の話を聞いている。出血以外にもまだ胃腸が本調子ではないので四六時中お腹が鳴っている状態で薬は欠かせない。職場復帰がいつになるのか、心許ない。それだけに、皆の話はお伽話のようだった。

午後、上司が見舞いに来てくれ、職場に診断書を提出するよう言われた。

「入院の時は検査、検査でしょう。緊張で寝られない夜が続いたよ。胆石で入院した時など、夜、病院の中を歩いていて待合室まで行ったら薄暗がりの中で真っ赤な胆のうが動いているんだ。腰を抜かしたよ。よく見たら水槽に金魚が泳いでいたんだ。病気をすると、他のことは考えられなくなるね」

三年前には脳血栓もしたことのある上司は、亡くなった母と同じ年である。手術後付き添いを付けないで一人で乗り切ろうと決めていた章子の考えには猛反対をしていた。洋子に術後二日の付き添いを頼んだのも、上司の強い勧めがあったからだった。斎藤先生を紹介してくれたり、親同然に助けてもらった。

帰り際、癌ではないかと、心ひそかに悩んでいた章子の胸のうちを見抜いたかのように、「いいかい、頑張るんだよ」と、薔薇やコスモス、蘭などの花束を胸に押し付けるようにして渡してくれた。

昨日は快晴、気持ちまで浮き立ったかと思うと、一日にして曇り後《のち》雨。今日は術後初めての教授回診の日である。ベッドの上に配られたカルテの入った大きな封筒が置かれた。すい臓癌の北田さんは封筒を開けカルテを声を出して読みだした。快方に向かっているのだ。

入江さんは点滴台を押して、顔を洗いに行くと言う。

「動かない方がいいから、顔なんかいいじゃない」

「先生に会う時は失礼のないように、顔くらい洗っておきたいよ。毛染めができなくなって、白いものが見えてきたし」

皆の制止を振り切って、点滴台を押してよたよたしながら出ていった。これは、尿を取る管を付けるようになっても看護婦に頼んで、濡れたタオルを貰って顔を拭いて回診を受けていた。

廊下が地響きすると驚いたら、教授を先頭に白衣の医師団が入ってきて、病室がまた一瞬にして白で塞がった。

古賀先生は部屋の真ん中に来ると、「どうですか」と章子に聞いたが、「退院」とは言わなかった。章子のベッドには教授と主治医が数秒いただろうか。章子の主治医は「甲状腺の患者さんは勝手に治っていく」と言って、一日一回来ても、ドアを開けてチラッと章子の方に目を向けたと思うと踵を返す時がある。章子が元気になってきている証拠だが、一言でも二言でもいい、言葉をかけて欲しい。

あの白衣の中では分厚い胸、力こぶのできる腕、指で押すとギュッとへっこみ、離すとピンと戻る肉厚な筋肉があり、薄っすらと汗ばんでいるだろう。白衣がむんむんとした男気を漂わせて、若くて健康な男達が異様な迫力を漂わせている。

いつもは寡黙な、白衣と黒いズボンの医者軍団にしか見えなかったのに、今、目の前では躍動する命が輝いていた。体の芯がうずく。彼らの背中をドアの向こうに見送って、治る、治る、必ず元気になる、元気にならなくてどうしよう。また新しい世界があると、体を突き上げくる熱いものを章子は感じていた。

回診が済むと、主治医がトレイとピンセットを持った看護婦を連れて、ガーゼ交換のために戻ってきた。貼りかえると、管の先の箱に溜まった血液を見ていた。

「もうパイプを抜こうかな。十五ミリか。いいな」

「先生、いいのですか。十五ミリも出ていますよ」

「三日分だろう。いいよ」

「いいえ、一日分ですよ、先生。毎日取り換えていますから」

「えっ、まあ……まあいいよ」

ブスブスと音を立ててメスが走った切り口から体内に差し込まれていた管が抜けていく。

酷いと思ったが、止めて！　の声が出ない。どうして声が出ないのか分からないが、先生が考えてのことだから、大丈夫だろうと思うことにした。

これで最後の管が取れた。術後三日で、章子の身体だけで、生きていけるようになった。

「病院中を走り回ってください。早く治るから」

「走るなんて無理ですよ。スリッパじゃ走れません。患者さんにも悪いし」

言葉じりに絡んで、甘えていた。

「キャンサーですか、チューマーですか」

癌というのは章子には厳しすぎるので英語で言うことで、少し距離を置くことができると思ったのだが、主治医には何度も尋ねられるくどい質問である。いつもより少し高い声になった。

「石灰が硬くてなかなか溶けないんです。培養していて、まだ分からないんです。でもたとえあったとしても、腫瘍の袋は綺麗に取れたんだから、後は抗がん剤を使えばいいし、心配しなくていい！」

そして培養検査にはしばらく時間がかかると付け加えた。

そうかもしれないが、章子はいつまで病名のない病人でいなければならないのだろうか。

四日後に手術のある国枝さんは、午後から超音波検査と肺活量を測りに行った。「三七〇〇あった」と嬉しくてたまらないという顔をしている。年上の章子は三七五〇cc、五〇cc多いことについては、ぜひとも言葉が欲しかった。国枝さんの主治医が診察に来ての帰り、ドアを出ようとする背中に向かって、章子は声をかけた。

「先生、国枝さんは肺活量が三七〇〇あって、二十代と言われたんですよ」

医師は靴の先を床につんのめるようにして立ち止まった。

「二十代？　国枝さんが……よほど若い顔をしていたな」

病室の皆は笑いこけた。


一夜明けて、やっと週末が来たが、首に大きなガーゼを当てていてはどうにもならない。いつも首が突き上げられているようで、誰かに当たれば、傷口が一気に張り裂けるのではないかと思うと、病室を出ることなど考えられない。外泊したりデパートに買い物に行く人を見送る。主治医に職場に出す診断書を頼んだり、生命保険会社に電話したり、外の世界との接触があわただしく始まった。

部屋に残った入江さんから「先生は退院のことを何か言ってたかね」と問われたが、

「何も言われない」と答えるしかなかった。

入江さんは間もなく食事も喉を通らなくなって、氷のカケラと蜂蜜レモンの缶ジュースを一日一本しか受け付けなくなった。


「今夜は十三夜ですね。少しですが、良かったら貰っていただけませんか」

洗面所に行くと、花瓶にすすきを活けている人が、分けてくれた。

いつの間にか夜空を見上げ月を愛でることもしなくなっていた。ガムシャラに走り続けてきたなと、章子は柔らかく垂れるすすきを見ながら呟いていた。

入江さんの病状も気にかかる。

病室に活けて、皆に今夜、十三夜のお月見をしようと声をかけた。六人全員そろって月見ができることが無性に嬉しかった。月見といっても、窓の外には研究棟が迫っていて皆のベッドからは月は見えない。

章子の首はどこをメスが走ったのか分からないほど広く分厚く包帯で覆われているため動かない。前屈みになって頭を窓の外に突き出しても夜空は見えない。意を決して、腰を窓枠の壁にしっかりと押し付けて、背中を弓なりに反らして頭を突き出した。

「お待たせしました、十三夜。もう少し下に降りてくれたらいいのですが、今はこういう格好でしか十三夜を観ることができません。満月と変わらないように見えますが、左側が少し薄く欠けているでしょうか。私、朝比奈章子は今まで、こんなに一生懸命、月を観たことはありませんでした。十三夜の月が秋の澄んだ夜空にくっきりと浮かんでいます。皆さんとご一緒に、お月見ができますことがとても幸せです。病がご縁でお月見ができますので、病からの回復を祈願したいと思います」

入江さんはベッドに横になったまま、口火を切った。

「首は大丈夫だったかね。大変な格好をさせてしまったね。おかげで月見をした気分になったよ。人のできないことをしたんだから、朝比奈さん、いいことがあるよ」

沖田さんはベッドに座り、月明かりに映える窓の方を見ていた。

「まさか病室でお月見ができるなんて思ってもみなかったわ。ありがとう。もう昔のことになるんだけど、彼からプロポーズを受けたのは、十三夜の月を二人で観ていた時だったの。あの頃私は若くて、とても元気だったわ。それがまさかこんな体になるとは思ってもいなかった。もう迷惑ばかりかけて、長い入院生活になってしまって。でも私、頑張るわ。元気になって、もう一度、彼に料理を作ってあげたい」

病室に小さな拍手が木霊した。

「沖田さん、ご主人もご自宅でお月様を観ていて、プロポーズした時のことを思い出していらっしゃいますよ。十三夜の月は、必ず願いをかなえてくれます」

「明日からお食事を残さず食べるようにすると元気になるよ、沖田さん」

皆、口々にエールを送った。

三田村さんはベッドから下りてきて、窓辺に立って静かに話し出した。

「私は両方の手術をしなければいけないと分かった時、胸がなくなったら女ではなくなるのではないかと、それは悩んだんです。でも夫が、生きてくれているだけでいい、農家に嫁いで慣れぬ仕事に苦労したから病気になったんだと言ってくれたの。義父さんや義母さんも、機械は買い替えができるが、嫁の替えはないと言ってくれて、それで手術をする決心がついたの。初めて彼の家に招待された時が十月の十三夜だったのよね。仕切っていたのはその時は元気だった祖母でした。すすきを活け、月見団子を作ったのも、もちろん祖母。他に栗や枝豆、秋の収穫物を供えて、豊作と家族の健康を皆で感謝したの。お月様はいつも見守ってくれているんだと言ってたわ。とても温かい家族だと思って、農業などしたこともなかったんだけど、私、結婚を決めたのよ。早く治して、家に帰って働きたいです」

沖田さんが間髪入れず声をかける。

「その意気なら、病気の方が退散するよ。リハビリに頑張ったら、腕も動くようになるからね」

国枝さんは窓辺まで来て、月の方角に向かって両手を合わせ首を垂れた。

「月は力強い相談相手なんですね。月など観ることもなくて半年が過ぎていました。胸のしこりに気がついて、病院に行こうと決心するまでがずいぶんかかりました。本当は今も怖いんです。でもこの部屋に入ったら、手術をされた方がいらっしゃって、少し勇気が湧いてきました。朝比奈さんがお月見の会を開いてくれて、手術が成功しますようにって、お願いできました」

「ねえ、皆でもう一度お祈りしましょうか。国枝さんの手術が上手くいきますようにって」

三田村さんの呼びかけに、皆、月光に映える窓の方に向かって、手を合わせた。

住職の奥様の北田さんは、ベッドから下りて、椅子に腰かけていた。

「十五夜より少し欠けている十三夜の方が風情があるね。吉田兼好が『徒然草』に書いている。こんな体になってこれから先どう生きようかと思っていたんだけど、十三夜を観させてもらって、完璧でないからこその人生があるではないかと教わったわ。ねえ、皆、頑張ろうな」

「私も頑張ってもう少し食べるようにするよ」

ずっと目をつむって、何も言わなくなっていた入江さんが、突然喋った。

「やかましかったかな、ごめんなさいね」

「そんなことはない。大丈夫、大丈夫。皆でそれぞれの十三夜を過ごせて、良かったよ。ありがとう、朝比奈さん」

そう言いながら、入江さんはそっと涙を拭いて、章子に微笑んで見せたが、その横顔は、これが見納めの十三夜になると覚悟していた。

「ありがとう。私こそ入江さんとお話できて嬉しかったわ。今夜の十三夜、忘れません」

朝六時、検血のために看護婦が来た。章子は体が元気になった分、気持ちに余裕が出てきたが、まだ退院も病名も言われていないことを忘れないようにと、自分に言い聞かせた。七時の体温は三十五度九分、脈拍七八、正常である。

古賀先生が部屋の中央に来て止まり、両手を後ろに組んで、前屈みになった。

「もうぼつぼつ退院していいよ」

「ありがとうございます！」

思わず大きな声が出て、自分でも驚いた。

昼、主治医の南先生が来て、正式に二日後の退院を告げた。最後に腫瘍そのものは綺麗に取れたから、たとえ癌であっても、後は抗がん剤を飲めば済むことだと念を押した。

「羨ましい。出ていける人が……」

入江さんが寂しそうな顔をしたが、返す言葉もなかった。

章子は入江さんの手をそっと握った。

ガーゼ交換に来た南先生は退院後のことを説明した。化膿止めの薬を週末までの三日間飲むこと。退院後一週間経って、外来の診断を受けること。酒は飲んでもいい。自分の体と相談しながら、普通の生活をすればいいと、夢のような話をしてくれた。

「明日は自分でガーゼを取って、帰ってください」

「困ります！」

そう易々と見放されてたまるかと思うと大声が出ていて、もう一日医者の庇護のもとにいる安心を勝ち取った。

退院の朝、三時にトイレに行くために起きる。五時過ぎにまたトイレに行く。寝ているか起きているのか分からなくなった。

六時、いつものように、三田村さんがブラインドを上げた。一段一段下から捲れて、新しい朝が目に入ってきた。向かいの研究棟の窓という窓に、蛍光灯が何列にも横に灯っている天井が見える。今朝も白衣の人が歩いている。ブラインドが上がり切るまでの僅かな時間、この静謐な朝を見るのも今日で終わる。退院を祝福するかのように晴れである。

南先生がガーゼを外しにやってきた。「お大事に」という言葉を残して出ていく背中を見送ると、独りになる不安が沸き上がってきた。

看護婦長が請求書と薬を持ってきた。

「睡眠薬は肝臓に悪いから出しません。今日は退院祝いにビールで乾杯しなさいよ。飲めるんでしょ。薬を飲むより、お酒の方が楽しいし、体にいいし。私もやりますよ。ぐっすり眠れるわ」

毎日飲んでいた睡眠薬とも終わりとなる。風呂も家に帰れば入ることになる。今は暑いタオルを貰って、体を拭くだけである。カーテンを引いて体を拭いていると、看護婦が声をかけてきた。

「朝比奈さん、何をしてるの」

看護婦は事情を知ると、大きな声になった。

「何言ってんの。風呂に入っておいでよ。風呂に入ったってことが、退院して家で風呂に入る時にとても役に立つのよ」

「風呂に入るのは一週間後と言われました」

「医者の言うことなんか聞かなくてよろしい。何も知らないんだから。体験が大切なのよ、朝比奈さん。入院中に風呂に入っておけば、家に帰ってからは二度目ということになるから自信が付くのよ。さあ入った、入った」

「シャワーの方ですか」

「お風呂だよ」

「ハイ!」

湯船にたっぷり湯を入れて、恐る恐る傷口の下まで体を沈めた。硬くなっていた体が解かれて、温かくなってきた。傷口に石鹸が付かないように、体も洗った。手術の前日に入って以来である。体が火照って、一皮剥けた感じで高揚してきた。こんなに気持ちのいいことが最後に待っていてくれたとは、感謝、感謝である。

同室の人達と、また部屋とも別れ、名残を惜しみ、十月の暖かい日差しの中に立つ。病室の中から見るのとは違い、直接目にする光は強く、乱反射して輝いていた。タクシーから見える町並みは真新しく、くっきりと輪郭を付けて、眩しい。行き交う車に陽が当たり、時折強い光の線を伸ばしている。

もっと遅い退院を思って、暖房がいるかと思って入院したのだが、快晴の秋の日差しに、部屋は暖かかった。

退院して一週間後に、初めての外来で診察が終わって帰ろうとする章子は、「良性でした」と告げられた。悪性と覚悟していただけに、あまりの突然のことに軽く頷くだけで、言葉が出なかった。章子の喜びの言葉を待っている医者は沈黙をいぶかる様な顔をして「よく見ておくようにと言われましたので」と言葉を添えた。

二か月ばかりの騒動も、「よく見ておくように」の一言に尽きる。章子は今までこれほど命の成り行きを見つめたことはなかった。身も心もまるで初めての出会いであったかのように、章子は章子を見つめてきた。そして章子を取り巻く人々やものを、素通りしそうな人生の小道を、愛おしい思いで立ち止まり、見つめた。生きたくても生きられなかった人がいる中で皆に守られ、命をもう一度バトンタッチされた。

「何か嬉しいことがあったかね。病院に来る人で、あんたのように嬉しそうな顔をしている人はいないよ」

病院を出ようとした時、見知らぬ人に声をかけられた。

「先ほど、先生から良性と言われたんです。悪性の疑いが晴れないままに退院していたのですが、良性と分かったんです」

「そうか、それは嬉しいわな。赤飯だな、今日は。おめでとう」

「ありがとうございます」

自分でも驚くほど大きな声が出ていた。

ミルクココアの家

冷凍庫から冷蔵庫に移しておいた鯖は、白く張った氷が溶けて、深い濃紺肌に黒く筋模様を浮かべた姿を見せていた。指で押さえると表面が少し柔らかくなってはいるが、まだ硬い。大根おろしを入れてみぞれ煮にしたいが、もう少し待つことにして、好子は味噌汁に入れるネギを取りに裏庭に出た。

通りを歩いてきた背の高い男が、家の外壁のヒビ割れを指さした。

「こんにちは、奥さん、今のうちに直しておいた方がいいですよ。外壁に土台から上までヒビ割れが入ってます」

そして後は引き受けたというように、半歩後ろにいた太った男が言葉を繋いだ。

「門扉の両サイドの塀が汚れているので塗り直しませんか。そこのクリーニング店の通りのお宅を五軒塗ってますので、今なら安く塗れるんですが。一週間はやってますので、よろしかったら声をかけてください」

好子に名刺を渡すと、午後の仕事があるからと足早に立ち去った。

ノッポの男は、日焼けした顔が頭に巻いた白いタオルのために際だってはいるが、ペンキの雫が付いたオールワンの作業服を背広に着替え、頭に巻いて後ろで縛ったタオルを取れば、商社の営業マンで通用する。

立ち去ったもう一人の男は名刺によると工務店の代表である。ノッポが四十くらいだとすると、四、五歳上だろうか。巨体だが少しばかり背の低い分は体重で補っているというか、筋肉の塊。両腕が太くて、好子の腕の五本分はありそうだ。この手に捕まれば骨折する。首に回れば窒息する。ボクサー、違う、格闘家か。分厚い胸から太鼓腹を覆っている黒のTシャツと作業用のニッカズボンにもペンキの丸い雫が無数に付いている。日焼けというより、元々地黒だろう。高い鼻と細い目で気の強そうな面構えである。左の頬には、数センチの手術跡が走る。ヤンキーだったかと思わせるが、喋ると下の歯が二本抜けている。虫歯など一本もなさそうな頑丈な歯が綺麗に並んでいるのに、そこだけ抜けたままだ。まるでやんちゃ坊主のようで拍子抜けする。

先日も違う業者が来て、同じところを指摘されたばかりである。家の修理は塗装から始めることと、息子のような歳の職人が言ってくれているのかもしれない。

好子は七十歳まで働くつもりだったが、六十五歳を過ぎるころから強い疲れを感じるようになり、六十七歳で仕事を辞め、年金族になった。多忙な生活から解放されてほっとしたが、この三年の間に三度、先輩の葬式に行った。高校の仲良し三人組からは大動脈解離と脳梗塞で手術をしたというニュースが飛び込んできて、さすがに七十歳が魔物に思えた。

それでもこの三年で好子の体も少しほぐれてきたというか、冷凍庫から出したカチンコの鯖が柔らかくなるように、心の薄目が開いてきて、体以外のことにも目が行くようになってきていた。今は医者は医者でも、家の医者が至急必要ということか。家はいたるところ傷み汚れていて、どこから手を付けたものか戸惑うばかりである。有料老人ホームに入った方がいいのではと勧めてくれた人もいた。しかしもう少し、この家にいたい。長い仕事からもやっと解放されて元気になって来ているのだから、二十四時間、三百六十五日が自分のものになったのだから、フリーの身分を存分楽しみたい。

掃除や洗濯も終わったところで、いつもなら見知らぬ業者に心を開くことなどないのだが、この業者の仕事ぶりを見ておくのもいいかもしれないと、クリーニング店に行ってみた。二人はいなかった。

店の前庭、右半分に一室増築。部屋となった外壁は淡いグレー、その土台部分は淡い黄色に塗ってある。大胆な色使い！　と驚いて左手に回ってみると、黄色の帯は奥の方に移動した玄関ドアまで続いている。三十年前に買った建売りの玄関ドアは痛み傷つき変色もしているが、それが黄色の帯に照らされて、面白い個性を出してモダンな玄関になっている。ペンキの色の調合と筆さばきの妙としかいいようがない。面白い色彩感覚の塗装工である。

これまで家の外壁の色など関心がなかったので、汚れが目立たなくて、家は冬暖かく、夏涼しければいいくらいに考えていたから、着るものならともかく、家を色で楽しむというのは好子にとって新鮮な驚きだった。

いつも行くスーパーの向かいの十一階のマンション、この建物はベージュ一色だとばかり思ってきたので、好子は見入ってしまった。

上二階を淡い白色、中六階部分は淡い、淡いピンク、下三階は薄いベージュ、と三色に色分けされて塗られている。左端の方に目を移すと、エレベーターだろうか。少し前に突き出ていて、最上階から一階まで、縦に淡い紫が走っている。どれも艶のないペンキが塗られているが、合計四色も使っているマンションであることに初めて気が付いた。一体何年、いや何十年、好子はこの地に住んでいるのだと、己の節穴に呆れてしまった。〈塗ってはダメな色なんてないのよ。好きな色だから塗ってみたのよ、どう、いいでしょう〉と、マンションが語りかけてくる。好子は右に左に、上に下に目を走らせた。外壁に色が咲くというか、どこかマンション全体が紫陽花に見えて心が躍った。

好子は遊ぶ暇などないものと長い間コツコツと働いてきて、辛抱、辛抱と堪えて、何とか今日まで生きてきた。それが、突然、〈綺麗でしょう。遊んでいいのよ、あなたの好きな色で〉と、マンションの壁が語り掛けてくる。

それでも、〈本当に遊んでいいの？〉と上目づかいに遠慮がちに問い返すと、〈七十歳、死神が現れる前に、最後の変身のチャンスだよ。一度好きな色の家に住んでみたらどうなの〉と、もう一人の好子が声を上げていた。

好子が若いころ読んだ小説に、人の人生を瓶に例えていたのを思い出した。瓶の幅が広いところは若いとき、急に細くなって瓶の口までが、死が前方に見えてくる直線コースでシニア、老年期である。広い広いと思っていた道も急に道幅が狭くなる。気がつくと、お喋りを大きな声でしていた仲間の姿も急に少なくなっている。それが今、七十歳だと好子は実感している。

老人狙いの詐欺まがいの業者ではないかと疑ってもみたが、同じ町内の人も塗ってもらっていると分かり、何よりあの色彩感覚のユニークさは捨てがたい。インターネットで業者を調べてみると事務所もあり、従業員も紹介しているので、怪しい業者ではなさそうなので塀を塗ってもらうことにした。

一週間後、好子は玄関ドアを開けると大きな達磨のような体とぶつかりそうになって、挨拶を交わした。頭にはタオル、ペンキの雫が付いた作業服である。丸い顔が笑って、子供のようなあどけない表情を見せた。

「よろしくお願いします。これから養生します」

と言うと、「たかいさん」とワゴン車に向かって大きな声をかけた。作業服に着替えたノッポが両手に道具を抱えて出てきた。仕事場では「さん」付けで呼び合うのかと思っていると、ノッポは「親方」と呼んでいる。親方の下で指導を受けた塗装工ということか。

ノッポが庭のツツジや梅、ポリバケツや小さなスコップ、ジョウロなどにポリエチレンの覆いを被せだした。「養生って何」、と戸惑う好子が、建築用語だと理解する間にも、次々覆っていく。ジョウロは、水をやらないといけないから残しておこうと言おうとしたときには、すでに半透明の覆いの中に隠れてしまっていた。

「養生」とは、健康を保ち増進させるように心がけることではなかったか、と思い付いたときには、狭い前庭は二人の男の作業場となって、好子は家の中に入って窓から見物するしかなかった。

塀は今日にも綺麗になっていると思っていたが、仕事には順序というものがあるようだ。庭の水道栓にホースを差し込み、高圧洗浄機で塀を洗いだした。乾くと好子の希望の色に塗ってもらえるものと待っていると、「下塗りがある」と言う。カビで緑に染まったところや、水垢が何本も走る線も、細くヒビ割れ黒い線と化したところも塗りで処理できるが、あまりに酷い亀裂はシリコンやモルタルで埋めていく。そして一度、塀を真っ白にしてしまう。

「白塗りをしないと、出したい色が出ないんですよ」

親方がきっぱりと言う。

そういうことなのかと納得はするのだが、今まで知り合いでもない男が二人も突然家に来て、問答無用と、手慣れた調子で家のいたるところに手を触れる。彼ら流に処理していく。〈好子が頼んだのだから来ているのよ〉、と戸惑う自分に言い聞かせても、リズムが違う、速度が違う。二人の行動は狭い敷地を荒立たせていく。好子は目を緊張させて、彼らの仕事を追わずにはおれない。

ほどなくして、「水洗いしたところが乾くのを待ちます」と言うと、あっという間に二人は他の現場に行く。同時に四、五軒を掛け持ちで仕事を進めていく。それが塗装工の流儀なら仕方がないが、今日明日には完成と思う好子の願いは通用しないと、初日にして了解するしかなかった。

「天気次第の仕事なもんで、これぱかりは仕方ないんですよ。申し訳ないです」

親方から電話が入って、四日後、小雨が降ったり、止んだりして不安定な日が続いた後の晴れ上がった朝、仕事は再開された。好子は食事も終わりかけたころで、口の中のリンゴを急いで噛み砕き飲み込んだが、二人の仕事の邪魔にならないように、家の中にいるしかなかった。

「白塗りが終わりました」

外に出てみると、塀が白くのっぺらぼうになっている。が、二人の姿はない。昼飯でも食べに行っているのかと思っていると、また庭が活気づいている。いつの間にか帰ってきていたようだ。

「お茶にしますか」と好子が声をかけると、「ありがとうございます」と返ってきて、二人が入ってきた。

「この辺りは食べるところが少ないでしょう。美味しいお昼、食べられましたか」

「昼はいつも食べないんですよ」

「えっ！　お腹、空かないの」

ノッポが苦笑いして言った。

「朝、たくさん食べてくるんです。それでも三時ごろが一番腹の空くときかな。五時まで後ひと頑張りといい聞かせて仕事をします」

「食べると眠くなるから、食べないんですよ。足場に乗って上の方を塗らないといけないときは、二十キロの缶を傾けないで片手に持って、同じ手の指の間に刷毛を挟んで移動するんです。だから眠気が一番怖い。ペンキの缶を落としたり、筆やローラーを落とすと大《おお》事《ごと》ですから、若い者にも食べないように言ってるんです。今日のように下でするのは楽です」

親方の顔がほころんだ。小さいときは茶目っ気たっぷりの餓鬼大将だったにちがいない。

あの子も餓鬼大将だった。好子は遥か遠い光景を眺めるように、目を細めた。息子をおいて出てきたとき、四歳になっていた。タッチごっこが大好きで、友達と遊ぶのに飽きると、一人、三輪車に乗って壁にタッチ、だんだんと激しくなって、ぶつけては転び、痛くなんかないよ、と得意げに立ち上がっていた。

好子は我に返って、ノッポに聞いていた。

「今まで塗っていてミスったことってありましたか」

「缶を落としたことはないですが、筆を落としたことはあります。大事にならなくて良かった」

たとえ大失敗があっても、施主の好子には言いたくないのかもしれない。

塗装工歴も長い親方の失敗談も聞いてみたいと顔を覗いたが、表情一つ変えないで聞いていて、最後まで口を開こうとしなかった。

親方が屋根から落ちて、頬を縫ったり肩をやられて人工骨が入っていることは、親方が席を立ってから、ノッポが話してくれた。

いよいよ、本塗りである。ところがその日は塗りを見合わせるとのこと。本格的な春が来る前の季節の変わり目は、天候不順ですっきりしない。好子は恨めしそうに空を見上げた。

二人は好子の家には来ないが、仕事を休むのではない。雨の日は他の室内の塗りの現場に行く。若い体はフル回転で働いても、働いても一晩寝れば、また元通り、元気になる。無謀なことでも何でもやってのける。

三日後の晴れ上がった日、二人は、花粉症で鼻水をすする好子の前に、昨夜はぐっすり眠れましたといわんばかり、活き活きとした姿を見せた。

塀の工事再開。家のグレーの壁に合わせて、玄関の塀は淡いグレーになった。色は陽の当たり方で微妙に違って見える。雨の日になると、暗い灰色に見えたり、昼間の陽が照っているときに見ると、白っぽく見える。本当は何色なのか。色は変身して正体を見せない。ペンキを調合した塗装工だけが知っている。

塀は汚れが取れて綺麗になり、厚みが出てきたように見えるが、ユニークな色彩感覚の塗装を期待していただけに、好子を満足させるところまでにはできていない。親方に言うべきかどうか思案していたが、塀から視線を外した。

ノッポがにこやかに笑って答えた。

「明るい色にしましたから、夜でも門扉から玄関まで見えて、足元が安全になりますよ」

好子はノッポを正視した。

「お仕事、ご苦労様でした……もう少し濃い目の方が家の壁と釣り合うと思うんだけど……クリーニング屋さんのところのような冴えがないような気がします」

ノッポは浮かぬ顔をして、黙ってしまった。


一週間後、塀の代金、支払い日である。

玄関のドアを開けると、親方がプラスチックのボックスに入った赤い薔薇の花を掌に載せて立っていた。

好子は目を上から下、下から上に往復させて見た。まるで子供の格好である。真っ赤な長袖のTシャツとベージュのズボン。頭には白の毛糸の帽子。紐が白色の黒いスニーカーを履いている。後ろに従えているのは、黒の野球帽に黒い革のジャンパーのノッポ。

「工事をさせていただいたお宅に差し上げているんです。プリザーブドフラワーといいます。僕が一緒に住んでいる女性、奥さんみたいな人です。彼女が創ったんです。先週塗らせてもらったクリーニング屋の奥さんがこの花を気に入ってくれて、玄関のところにデザインして沢山飾ってくれたんですよ。玄関が花園になりました。これまでは老舗昆布屋の品を差し上げていたんですが、この方が綺麗だし、長持ちもするし、いいのではないかと思って」

一週間の曜日を英語で言えそうもない親方が、「プリザーブドフラワー」と滑らかに発音した。綺麗に咲いている生花の美しさを残したくて、花をいったん脱色した後、改めて染め直して保存した花である。

掌に載せてお披露目しているのは、花である彼女。小さくて、愛くるしい。好きだから、握りしめたい。壊れるほどにきつく抱きしめたいところをぐっとこらえて、グローブのような無骨な掌をいっぱいに広げて、彼女の創った宝物をそっと載せ、慈しむような眼差しをして差し出している。

しかし好子は、差し出された花より、親方の言葉が耳に残った。

「僕が一緒に住んでいる女性、奥さんみたいな女《ひと》です」

一緒に住んでいるが、まだ籍を入れていないので、今はまだ正式には「奥さん」、「妻」とは呼べない、と親方は言いたいのだろうか。彼の私的なことであっても、ここは誤魔化さないで正確に言おうとしている。

この男なら、もしかして、きちんと仕事をしてくれるかもしれない。

好子も、「奥さんみたいな女」だった。いや法的には、妻、奥さんだったことに間違いない。口説かれて一人息子の嫁になり、家の跡取りを産んだ。しかし義父母は好子の子供を取り上げ、溺愛した。商売を営む家には多くの従業員がいて、育児どころか、掃除や洗濯すらさせてもらえなかった。好子の好みではなかったが、夫と共に着飾ってパーティーに出席したり、冠婚葬祭に駆り出された。カラフルな衣装をまとった人形でしかなく、直接手に触れるような実感がなかった。夫は親の言いなりに動く人で、好子の話は聞いてもらえなかった。妻や母としての好子の居場所はなかった。

夫に家を出たいと言った。義父母にも申し出たが、跡取りの孫は渡せないの一点張りで、好子は一人で家を出た。

会社勤めを始めたが、やがて高校の同期会で孝雄と再会して、一緒に暮らすようになった。仲人は好子の身勝手な行動をなじり、夫の許に返ってくるよう何度も説得したが、好子は離婚を承諾してもらえなくても、夫の許に返る気などなかった。

孝雄との生活では、何でも二人で相談して事を決めていくのが嬉しかった。籍に入ってないことなど、どうでも良かった。

戦中生まれの孝雄は物資のないときを経験していたので、「あのころは腹が減っても食べるものがなかった。一度でいいから美味しい飯を腹いっぱい喰いたかった」と、よく話していた。好子は会社が終わると家に急ぎ、孝雄のために料理を作った。美味しいと言う孝雄の声を聞くと元気が出た。

あるとき、孝雄は「最後まで好子を守ってあげられるだろうか」と呟いたことがあった。突然、何を言うのだろう、一緒にいるだけで幸せと思っていたが、八年後、孝雄は交通事故で、好子に何の断りもなく一人で逝ってしまった。好子は三十七歳になっていた。

孝雄の思い出の詰まった家に一人で住むことなどとてもできなくて、誰も他の者が入れない小さな家、好子と心の中の孝雄が住むだけのスペースの家、風呂もなく、トイレも共同というワンルームのアパートに移った。ダークな色のカーテンで窓を覆い、花瓶は気が付くと焦げ茶や濃紺、黒など寒色ばかりで、花を生けることも忘れていた。

ある天気のいい日、掃除機をかけていると、舞い上がった塵埃が差し込む光に浮かんで輝いていた。塵が色めき舞っているのに目が釘付けになった。

好子は色を殺して生きていたことに気がついた。自分を殺し、孝雄をも殺していた。そんな思いに至ったとき、住まいを変えることを決断した。トイレ付きの、やがて風呂付のアパートへと移り住んでみた。そのつど、窓が増えて光や風が入ってきて、胸がときめいてきた。

「土をさわっていると温かくなって落ち着くよ」

「退職後は田舎に住みたいね。花や野菜を作ろう」

孝雄と話した言葉が聞こえてきた。孝雄との夢を実現させたい。

郊外に今の家を買ったとき、好子は四十八歳になっていた。狭い敷地に小さな二階建ての家だったが、花や野菜も植えられる。会社の退職金で買うことも考えたが、それでは遅い。ローンを返すのも現役のときがいいと、思い切って決断した。節約、節約で貯めた資金で、長いアパート暮らしからの脱出だった。何とかなるという勢いというか、若さと勇気の賜物である。

独り者は年を取ると、アパートを貸りることを拒否されることがあるが、これで一先ず安心である。

この家で生きたと思える時間を一日でも長く過ごしてみたい一心だった。

家を出たとき四歳だった息子は、二人の子供の父親になっている。

親方にどんな人生があったのか何も知らないが、一家を構え意気盛んに今が頑張りどきと突き進んでいる姿は、好子を安堵させた。思い切って聞いてみた。

「お宅のカーテンは何色ですか」

「ピンク色。部屋が温かくなって。色って面白いですよ。建物を建て替えたりしなくても、色を変えるだけで、家は変わり、人を変えていきますからね」

彼女との出会いが、男一人の殺風景な部屋を思いもよらない華やかで温かい部屋に大変身させたようだ。

「彼女は、僕が会社にする計画にとても積極的なんですよ。だから食べるものにも厳しくて、好き嫌いは言えなくなりました。嫌いな人参やブロッコリーや果物が料理に出てこないので、彼女は僕の好みをよく知っていると思っていたんですが、小さく刻んだり、磨り下ろして煮込むから、僕が気がつかないで食べていただけでした。体にいいものは美味しいのだというのが、彼女の考えなんです」

朝は五時起きという親方を守ろうと、彼女は朝食を作る。生野菜や果物は好きではないと言うので、野菜は茹でたり、煮たりして、具の多い味噌汁を作り、煮魚を出す。胃があまり強くない親方には、焼き魚より煮魚の方が消化にいいからだ。彼を送り出すと、必ず会社組織にしてみせると、プリザーブドフラワーの制作に没頭する。

二人の生活には色が満ち溢れていると思うと、好子は和んだ。


好子は車に跳ねられた孝雄の遺体と対面したときのことを思い出していた。

好子の誕生日のために寄り道をして、花屋に寄って赤いバラを好子の年の数だけ買っての帰り道だったようだ。いつだったか、西洋では男性が女性の家を訪ねるときは、バラの花を持っていくのよと話したことがある。孝雄は「勘弁してくれよ」と言って照れ笑いをして聞いていた。このとき好子はといえば、帰りが遅い孝雄から電話もなくて、作った料理が冷めていくのをヤキモキしながら待っていたのだった。


親方とノッポの二人が、一仕事済むとタバコを吸うのが気になる。

「悪いと分かっていても、ニコチン休憩がないと塗装工は務まりません。彼女もタバコだけは許してくれてます。炎天下や凍り付くような冬の屋根、秋の台風、突風で体が浮き上がるときがありますよ。屋根の上や不安定な足場での仕事では緊張の連続ですからね」

「でも中年になって、病気は出てくるのよ。家族を守らないといけないでしょう。客だって完成を待ってるわ」

月並みなことを言うなと抗議するように、ノッポが訴えた。

「息子もやがて高校に行きますし、大学にも行きたいと言ってますから、病気や怪我をしないよう気を付けています。妻は老人の世話をするのが好きで、介護の仕事に頑張っているんです。子供の成長が二人の楽しみです。

ただ僕は屋根で仕事をすることが多いので、正直、怖いです。緊張します。気持ちを落ち着かせるのに、タバコは有難いです。いつも親方と組めるとは限りませんしね。急勾配で落ちると思うようなときでも、親方がロープを持っていてくれると安心で、タバコの数が少なくて済みます。他の人と組んでいるときは何度も、何度も、大丈夫か、ちゃんと持っといてくれと、念を押します。怖いですよ、屋根の上は。実は屋根から落ちたことがあるんです。とっさに両足を揃えて両手で膝を抱えて体を丸くしました。すると両足で着地できたんです。奇跡としか思えません。怪我はなかったんです。若かったからでしょう。仕事仲間でも屋根から落ちる者は結構いますよ」

親方も屋根の話を続ける。

「屋根から落ちる夢、本当に見ますよ。次の日が急勾配の屋根で、落ちるとやばいと分かっている仕事のときは、寝る前に活を入れます。背筋が凍り、興奮します」

ノッポの訴えが加速する。

「夏は六リットルの水を用意するほど暑いんです。冬の屋根の上は、それはもう寒い。靴底の厚い靴は危険ですから履けません。底が薄い靴を履くと屋根の形状が足裏に分かるので安心なのですが、その分、足の裏は冷たくなるんです。足の下に使い捨てカイロを入れるんですが、それがなかなか温くならないですよ。仕事を終えて風呂に入るんですが、家族の入った後はとても入れたもんじゃない。湯が冷めてしまっていますから、温度を五十度近くまで上げて、それで長い間入っていると、何とか体が温まってくるんですよ。芯まで身体が冷え切ってますからね」

好子は身を固くして聞いていて、言葉に窮していた。

「命がけの仕事ね。厳しいわね、仕事というのは。人様からお金を貰うんだからね。……でも、タバコは肺に百害あるのみというわよ」

人生の小道を行く婆さんの説教など、弱気で聞くに耐えられないのだろう。二人は顔を見合わせ、苦笑している。

「倉庫をもっと広くしたいんです。事務所も郊外に引っ越せば駐車代も安くなるし、倉庫の近くに持てればと思って、今探しているんですよ。必ず会社組織にしてみせます」

親方の眼が輝いていた。


ガンガン仕事をして、夢を果たしたいのは分かる。だがその真っ只中に、声もたてずに死は忍び込んでくる。志半ばで逝った孝雄のためにも、孝雄との中断された生活を封印してはならないと、好子は自らに言い聞かせていた。


もうしばらく、この二人に仕事を頼んでみようと決めた。とそのとき、風呂場から、ノッポの大きな声がした。

「奥さん、お風呂のタイルが剥げかけていますよ。長い間にタイルの間に水が浸み込むんですよ。これは貼り替えるしかないですね。二筋北の中山さんのお宅は、バスタブ以外、タイルは床も壁も貼り替えました。家を建ててから三十年にはなるんでしょう。傷み方が、同じですね」

ノッポは傷んでいるところを巧みに見つけ出しては、修理の仕事を増やすし、好子の財布から金を抜き取る才に長けている。用心しなければと思いながらも、前から気になっていたところでもあったので、貼り替えてもらうしかないだろう。

孝雄は美味しいものを食べさせてもらうだけで十分と言っていたが、風呂もあれば、もう最高！　と好子の方にお願いという顔を見せていたから、奮発したいのだが、予算を超えるのではないか。

「一番タイルが浮き上がっているところだけ貼り替えてもらえますか」と言うと、ノッポは「改めてやるとかえって代金が高くつきますし、そのときに同じタイルがあるかどうかも分かりませんし、綺麗じゃないですよ。スパッと綺麗にしましょう。今なら親方に言って安くしてもらいますよ」

「親方に相談しなくても、もっと安くしてくれたらやってもいい」と押し切って、やってもらうことにした。一つやりだすと、次々いけないところが好子にも目に見えてくるから怖ろしい。財布の口をしっかりと閉めることだ。

好子の仕事は、またしても色を決めることである。タイルの色は今と同じ色でいこうと言うと、もう今は同じものがないとのこと。小さな色見本で、好子の家の風呂の壁を想像するのは難しい。タイルの大きさでは値段も変わってくると言われて、値段が同じで、一番大きい寸法のものを選ぶことにする。これが最後の修理だからいいものにしたいのだが、やはり値段を聞いてからでないと、選ぶことができない。ああ、金の成る木が欲しい。

次はタイルの周りの目地を何色にするか。湿気で目地にカビが生えるのである。大きな寸法のタイルにすれば、目地は少なくなるから、掃除も楽になる。

洋服に例えてみると、淡いピンクの色のブラウスに何色のスカートが合うか。タンスの中のスカートやパンツを思い浮かべ、淡いグレーが思い浮かんだ。目地は白色よりグレーに決定。でもそれでは浴室が暗くなることにならないか。布とは違うのだからとまた考えると、訳が分からなくなった。

商店街やホームセンターのトイレは、中がタイルだったと思い出し、見に行く。二か所のトイレの目地は白と茶だった。普通目地は白が多いと分かったが、カビ隠しにはやはり少し色を入れて、淡いグレーに決定する。

肝心のタイルの色はどうしよう。困り果てて、向かいの大学生に聞くことにした。

「僕の意見ですよ。僕なら、壁は黒、床はエンジ色」

好子は「ありがとう」とは言ったが、若者に聞くからだと反省した。

親方も首を傾げて、「それは狭い浴室にはむきません」と一言。

またどこで聞きつけたのか、助言をくれる人も現れた。

「風呂にも日本らしい模様の壁と考えて、張り切ってやったのですがね。業者が持ってきた小さな色見本の本で選んだんです。分からないものですね。白と空色の市松模様にしたんですよ。狭い風呂だからと、タイルも小さいものにして頼んだら、目がチカチカして。家族からも散々苦情を言われて、大失敗でした」

好子が入る風呂だから、好子の好きな色のタイルを、好子が決めるしかないということだ。好きな色は何、どういう浴室にしたいのか。好きにすればいいだけなのに、まるでいかに生きるかを問われているようで、考え込む。考えても、何か強い希望の色があるわけではないから、迷う、迷う。気が変になる。気持ちのいい浴室を、少しでも安く作りたい、ただそれだけと言いながら、気持ちのいい浴室とは、どんな色のタイルがいいのか。迷うばかりで、疲れ果てた。

こういうとき孝雄がおれば即決するのに、二人で相談して決めると言っていたのに、何の相談もなく一人で逝ってしまって、まったく契約違反だ、孝雄の奴。こういうとき決まって飲むのは、ミルクココアである。

橙色のようなピンクとも見える浴槽は、まだ使える。壁は温かい感じがいいだろうと、ピンク系のタイルから選ぶことにした。親方は「優しい色合いの風呂場が落ち着きます」と言って、決定、のつもりが、親方が帰っても、色が濃すぎたのではないかと、また迷いだした。夜、床に入っても、暗闇にタイルが見えてくる。床にも壁にも優しく色が移り変わるグラデーションにすると美しく、疲れも取れやすいのではないかと思うのだが、色見本のどの番号を選んだらいいのか。

朝になって、近所の人に風呂を見せてもらうことを思いついた。最近は足を伸ばして入る長いバスタブが主流と言う。

「掃除も楽で、ホースで水をかけるだけ。お風呂に入ると眠りに誘われるようなリラックス感が味わえるわよ」

タイルの色は何がいいかと聞いたのに、足を延ばせる湯船がいいと言われても困る。現状のままで、浴室の壁と床のタイルの色を考えることだけに集中する。好子の風呂だよ、自分の好きな色は何、と問い詰める。パープル系の色が好きだから、やはりピンクを選ぶことにする。出来上がってみると、随分と薄いピンクになっている。

「室内のライトを変えると、また違ったピンクの色合いになりますよ」

光の具合で色も変わるという親方の助言で、電気屋に行ってライトを次々手にする。無限に色が広がる。洗面所の天井のライトをオレンジぽい色に。洗面所の鏡に取り付けた白っぽい光に。両方灯してみたり、片方だけにしてみると、スリガラスの戸を通してくる光で浴室のタイルの色が変わる、変わる。ああ、もう目が眩む。

今にもはげ落ちそうになっていた風呂場のタイルをすべて取り除いて、新品のタイルの壁。生まれ変わった浴室は桜貝のような優しさがあって、湯船に入って、眺めてはさわり、さわっては眺める。

孝雄の声が聞こえてくる。食べることの次に孝雄の好きなものは、風呂。お湯に入ると、おおと声を上げて目をつむった。いい湯だ！

残るは、ヒビの入った外壁だが、屋根も心配になった。この際、雨漏りがないように傷み具合を見てもらうことにした。

親方とノッポが屋根に梯子を掛けて軽やかな足取りで登っていき、写真を撮って来る。

「瓦の葺き替えはまだいいですよ。塗りで充分。とことん使って葺き替えるより、途中に塗りを入れておくと長持ちします。十五年保証が付きます」

八十五歳までということ？　先のことは先に行って考えればいい。とっくに細道を歩いていて瓶の口を飛び出しているかもしれない。まだジタバタしていたら、そのときはそのときのことだ。

樋に鳥が巣を作ろうとしていたり、瓦に少し傷んでいるところがあったが、補修は簡単に済み、瓦の洗浄をして、塗りに入る。

綺麗になっていく家に住みたいという衝動を抑えることが難しくなってきていた。まず何色にするかを決めよう。色が決まらなければ、塗りも始まらない。瓦と同じ色というのは、つまらない。また色探しの迷路にはまり込んだようだ。好子が思案しだすと長い。

待ちきれなくなったのか、親方が好子を家の屋根がよく見える歩道橋に誘った。

「屋根を見てください」

「目の錯覚ですかね。こげ茶に見えるところがあるのよね。黒にも見えるし……」

「その通りです。陽の当たる加減で色は変わって見えてくるから、面白いですよ。今ツートンが流行っているんですよ。それで二色、こげ茶を塗ってみました。どうしても気にくわなければ、上から黒を塗れば黒一色になります。いつでも言ってください、塗り替えますから。屋根専用の塗料を使っているので、上塗りしても大丈夫ですから」

親方は先に天辺のところだけこげ茶に塗って、好子の反応を見ようとしたのだ。ツートンの屋根など好子は考えてもなかったが、ここはクリーニング屋のコントラストの強い色を使うのではなくて、似たような色で面白さを出そうとしている。親方のセンスが光る。

塗ってある色が何色か、言い当てられない。陽の当たり方によって違ってくるから、黒と思っても、また違う時間に見ると、違った色に見える。陽の差し加減で、こげ茶がはっきり見えるときと、そうでもないときがあるなんて。

切妻屋根の天辺に横一列、こげ茶が走る。そこから左右に樋まで続く斜面の屋根はすべて黒。それとも、黒のところにもう少し違う色を加えて塗ると面白いかもしれない。

好子の家の後方にはマンション群に通じる歩道橋を渡ってくる人が、好子の新しい屋根を見る。

「えっ、何？　見て、見て、あの屋根、こげ茶かしら。もしかして天辺のところ、横に黒？　に見えるけど？　違う？　こげ茶かしら」と、驚くのを想像するだけでも楽しい。

次に、いよいよ工事は外壁のヒビの修理と塗装という一番の難所にかかった。見積書を見比べる。補修したところだけを塗り替えるというのは、修理費も安いが、いかにも不細工。それでは家の四面の壁のうち、補修した一面だけを塗り替えるのはどうか。

それもいいが、経費はいるがもう少しお洒落をさせたい。思い切って家の外壁全部を今のグレーから、新しい色に塗り替えてみたらどうだろうか。

値段も張る。一大決心である。どんな色に変えたいという特に強い希望があるわけでもないが、陽光に輝いている屋根を見ていると、家の帽子が真っ新《さら》になるのに、どうして家の壁、家の洋服がお古なのか、それは可笑しい。お洒落な服を家に着せてみたい。七十歳の再出発にふさわしい色に着替えさせてみたい。

しかし大決断だけに、親方の腕を疑っているわけではないが、慎重に考えなくてはいけない。他に塗った家を見てから決めても遅くはないのではないか。

「今まで塗られた家を見られますか」

好子が言うと、外で待っていたノッポが待ってましたとばかりに頷いて、車の方に行き、運転席に飛び乗った。視力のいいノッポがいつも運転手だ。

「すみません、汚いんですが、助手席に乗って下さい」と、親方は好子を促し、自分は好子の後ろの席に座ると、車は走り出した。

「この辺りの家はほとんどがベージュやグレーですよね」

親方が後ろから声を掛ける。

三十坪か広くても四十坪までの庶民の家、造りも似たような建売りの家が続いている。

車は目に飛び込むような色の家の前で停まった。

「壁の色、鮮やかな若葉の家、綺麗ね。弾けるわ。息子の家なら褒めるわ。よくぞこの色にしたって。勇気あるよね。これからどんどん伸びていく若葉の色」

ノッポの目が輝いた。

「僕も初めはびっくりしました。この色でいいんですか、と何度も聞き直したんですよ。でもご主人が三十五歳で、結婚してこの家に引っ越してこられて。黄緑が好きなので是非塗って欲しいと言われて。それで樋を明るい茶色にして、窓の上の軒を真っ白にして浮き上がる色を引き締めてみようと。これすべて、親方が決めたんですよ」

「僕も初めは大丈夫かなと思ったんだけど、ぜったい黄緑色で、と強く言われたので。勉強になりました」

柔らかい新葉が出てしばらくするとさらに緑が増してしっかりとした新しい年の若葉となる。そのころの葉を茂らして薫る森の中に入ったかのようで、好子は大きく息を吸い込んでしばらく見入った。固い壁の上に、新葉の黄緑が載ってきて、陽光に痛いほど跳ね返ってくる。三十代のカップルの勢いそのものである。

壁をキャンバスにして、三色の色がお互いを引き立てている。どの色が一番美しいというのではなく、色の組み合わせのバランスが、家を森に生まれ変わらせていた。紫陽花に見えたあのマンションもそうだった。

壁に物を直接具象で描くのではなく、色で描く。塗装工は、家を森に、マンションを花に変身してしまう。

「好きな色だから、自分の家の色にするなんて、何て自由な発想なんでしょう。それでも隣近所との調和も考えないといけないけど、好きなものは好きなのだから、どうしてもやりたいということよね。若いって、凄いな」

ノッポが同感という顔をして、声を上げた。

「そうですすよ。出勤のため家を出るたびに、帰宅するたびに、見て楽しい、これに尽きますよ。これが我が家だ、城だと思うと、気持ちよく住める。仕事も頑張れる。最高だと思います」

今の好子には、こんな色は眩しすぎるが、好子の色というものが必ずある。体の深いところでまだ凍っていた筋肉が、緩んでいくのが分かった。

もし金持ちの神様がいて、好子にもう一軒、家を持たせてあげると言われたら、どんな家にしようか。若葉の家に刺激されて夢想した。

壁の色はコバルトブルー。晴天の真っ青な空に溶け込むような色。屋根は白もいいが、華を添えたいからルビーレッドにする。切妻屋根から流れてくる雨水を受ける樋は屋根と同じ色に。でもその水を地上まで落とす縦の樋は、思い切って色を変えて、スッキリと白を伸ばしてみたい。窓枠はぜったい白にして、カーテンは外壁と同じ色にする。

紺碧の海の近くにこんなセカンドハウスがあったら嬉しい。

泳げない好子が一夏過ごすころには、日焼けした若者のような肌になって波を切って泳いでいるだろう。


改装工事は進んで、外壁の修理をしてから壁全体の塗装に入るためには、足場を組み、家に覆いをしなければならない。ということで、また二十代か三十代そこそこと思われる職人が三人、門扉を開けて入って来た。長い金属のパイプを担いで移動させ、立てたり、渡したりして、足場を高くしていく。要所を留める大きな金物を下から軽々と投げ上げ、上で掴む。あっという間に仕事が終わる。

軽業師のように動く三人に驚いていると、現場監督として来ていたノッポが、「皆、腰にベルトをしています。腰痛持ちですよ」と言う。

そして家をすっぽり隠す緑の幕が張られて、急に派手、派手しくなった。近所の人の目にも、家を直していることを公にすることになると、周りが賑やかになった。

「元気なうちに、老人ホームに入る方がいいんじゃないの。一人で何でもできるのは、七十八歳までと国の調査結果が新聞に出てたわよ。お金使って、今から家を綺麗にしたら百二十歳は生きなきゃ損よ」

そう言われても、その八年のために、家を直しているんです。八年も元気でこの家に生きられたら、本望。そのうち、人生百年という時代も来るでしょうよ。

「若いツバメでも囲うのかいな、ええな」

と言われても、そんな古ボケた言葉が今でもまだあったのかいなと驚きます。ツバメでもタカでもウグイスでも、来る者拒まずでございます。

次に課せられた好子への難題は、左官が壁の補修を終えるまでに、外壁の色を決めることである。またしても色、色、色。親方が最新の色見本帳を持ってきた。先日の黄緑色はなかったが、人気の二十色が、縦三センチ、横五センチの枠の中に並んでいる。これをもっともっと大きくして実寸大にして外壁の色にしたら、どのような感じの色合いとなるのか。

「どれも綺麗だというのは分かるけど、とてもではないけど、ここから外壁の色を決定するのは無理ですよ」

すると、ノッポがメールの添付書類を送ってきた。以前IT関係の仕事をしていたという彼は、この手の仕事は速い。

パソコン上で、二階建ての一階と二階にそれぞれ好きな色を貼り付けて、組み合わせの具合を見る。どの色を入れ替えてみても、それなりに美しい。可愛らしい家もできる。風格のある家にもなる。ただ、好子の家になるとはかぎらない。

実際に出来上がった家のカラー写真を載せている本も届けてくれた。目の覚めるような紺や黄色、ピンク、普通なら考えられないような鮮やかな外壁も、柱や屋根、樋や窓、壁の形と色と素材が見事な程マッチしていて、感動した。

ノッポは、「ピンクはどうですか」、と提案してくる。風呂のタイルではないので、何でもピンクでいいとはいかないと断るが、ノッポは引き下がらない。

「親方なら、客の注文には必ず満足いくように塗ります。黄緑色の外壁なんて普通は塗ればば浮き上がって難しいのですが、見て頂いたように、親方は塗ることができました」

隣近所の外壁の色との調和もとても大切なことだが、何より難しいのは、街路樹に上手く壁の色が溶け込むかどうか。

好子の家は一番端で、すぐ側を車が行き交う道路があり、それに並行して、緑道がある。そこには桜並木が続く。春たけなわとなると満開の桜が空を占領する。そこに好子の家のピンクの壁がうまくマッチするだろうか。何か違和感を感じると思えてならない。

それならピンクに代わる何色を塗ろうか。色探しがまた振出しに戻った。「色をください、外壁に」と、心の中で叫びながら、好子は自転車で行けるところまで、毎日、家の壁を見に行った。

外壁の一面だけ色を変えている家もあった。塀の色に合わせている家もあった。ぜったい無いと思っていたピンク色の家もあった！　屋根が黒、窓枠が白。周りが広い田んぼで、優しい桜色の家は愛らしかった。

とても柔らかそうで、まるで布でもできているのかと思って近づいて触ってみた壁もあった。表面に丸みを持たせた石を張り、薄いピンクがかったベージュや、黒っぽい色の石の上に白いベールをかけたような色合いにしているので、固いタイルとは思わなかった。いろいろ新しい素材が出てきていて、感嘆するばかりである。

高価なものなのか、耐久性はどうなのか、もし採用するとして、好子には分からないことばかりである。一軒の家が使っている色の数は一体いくつあるのか、無数の色との組み合わせの妙に、圧倒された。最後には色を呼びすてにはできなくなって、「色さま、色さま、私の色を教えてください」と拝み倒して、色を探した。

どんな色の家に住みたいのか、好子が決めるしかない、とまた振出しに戻った。色に殺されそうになったとき、へとへとになって飲むのは、決まってミルクココアである。

ミルクココアに生クリームを絞って浮かべると、花が咲いたように見えた。孝雄はそんな好子を「子供だな」と笑っていた。そのくせ、好子が美味しそうに飲んでいると、「ひと口飲ませてくれる」と、好子のカップを横取りした。美味しそうに飲んで、喉仏が動いた。

「下をミルクココアの色」と口走ると、親方が後は引き受けた。

「上が真っ白ではきつすぎるから、少し色を入れて、淡い白、ミルク色ですかね。シックな色を選びましたね。洋風の家に変身しますよ。今の壁の色は沈んでいるので、今度は艶が出る塗料を使いましょう」

親方とノッポが「塗装工になって一番嬉しいことは、足場とシートを取って、塗りをした家の全容をお披露目するとき」と言った日がやって来た。

朝の光を受けて、ミルクココアの家は温かい湯気が立つカップを持つおしゃれな家に変身していた。好子は孝雄との朝のひとときを思いめぐらせていた。

それでも、これで塗装が完了したわけではない。門扉のところの塀の裏表がまだ残っている。今回の塗装工事はそこから始まったのだが、家をツートンにしてみると、初めに塗った白色に少し黒を混ぜたような色がミルクココアの壁に合わなくなってきていた。

このことは親方も気が付いていて、「最後に塗り替えます」と、好子に伝えていた。色の微妙な違いだけに、違いが余計に大きく感じられて、塀だけが余所者になっていた。

突然孝雄の声がした。

「綺麗になったね。でも塀の色が家と合ってないよ。このままだと、何か落ち着かないね」

「やはりそう思う？　塗り替えると、親方も言ってるわ。プロのプライドに賭けても、塗り直さないわけにはいかないわね。塀も二階部分の壁と同じ色で塗ってもらおうと思うのよ。一階の壁のミルクココアとツートンとなるの。上下でツートン、塀とは横でツートンとなるのよ」

「いいね」

孝雄が微笑んだ。


好子も改修工事のために見て回った多くの家の色に触発されて、元気をもらった。好子の新しくなった家も、また同じように見る人の心を動かすことを目の当たりにした。

「私も若返った気分です。嬉しいわ」

ノッポが真顔で応えた。

「今の若い人、少なくとも四、五十代以下の人なら、門に塀を付けたり、門扉を付けたりはしません。オープンゲイトが今の流行りです。中を見せないように塀を作ったり、門扉を付けるのはシニアだけですね。幾ら外壁を綺麗にしても、老人が住んでいることが、すぐ分かりますよ」

ノッポの奴、またも営業を始めたな。

好子は大きく息を吸い、丹田《たんでん》に気を入れた。

「いいですよ、シニアで。好きな色の家に住んで、これからも新しい色を探して楽しく歩んでいきます」

家の帽子も服も真新しくなった。最後、家の靴をどうするか。庭は塗装工ではなく、好子の仕事である。

梅も蕾がほころび始め、春が来るのを告げている。晩生の八重の椿も蕾を膨らませている。やがてツツジもサツキも咲くだろう。

暖かくなったら、花壇に今年もマーガレットがそよ風に体を揺らせて咲き誇る。スイセン、ヒヤシンス、フリージア、それにチューリップも競って花を咲かせる。

ミニ畑は一年で一番寒い二月に土を掘り起こしていたから、寒さで害虫も撃退されているはずだ。スナップエンドウは塩ゆでするだけで、甘い香りが口に広がる。サラダ菜やレタスにパセリも暖かくなれば、大きく葉を広げるだろう。

新しくお色直しをした好子の家を見学に来る人々がいる。親方が家の改築を考えている人に好子の家を紹介するからだ。

好子が一息入れようとミルクココアを飲んでいると、親方が女の人と手をつないで通りかかった。立ち止まり、壁を指さし、女性に話かけている。ミニ畑の野菜を指さして話している彼女は、プリザーブドフラワーの作者に違いない。

*

あとがき

学生のときから、アメリカの詩人エミリ・ディキンスンの詩が好きで愛読し、事あることに彼女に問いかけ、答えを貰ってきた。ずっとそんな生活が続くのだろうと思ってきた。ところが、六十代中頃になって、とりかかっていた彼女の評伝で、彼女が亡くなったところに来たとき、パソコンのキーボードを打つ指が止まった。打ち込めば彼女の死を認めることになる。私の中ではまだ生きているのに。戸惑う私の周りに、ディキンスンや彼女をめぐる人々も当時の衣装を着て姿を見せるようになった。幻覚だと思うのだが、消えない。私がパソコンに向かうたびに姿を見せてくるのである。評伝を書き上げるには事実を書かないわけにはいかない。やがて私は筆を進める決心をして、パソコンに向かった。すると彼女の姿は消えた。

思いがけないことで驚いたが、彼女はいったいなにを私に言いたかったのだろうか。

もう自由に書きたいことを、書いて、書いて、心のおもむくままに書いていけばいいのよ。そうして生きてきたでしょう、と言われているような気がした。

それでも小説集を出せるなど思ってもみなかった。

出版にあたり読んでくださり忌憚ない意見をいただいた方々、筆を進めるうえでどんなにかありがたいことでした。私の背中を押し続けてくださいました。

「飢餓祭」の夏当紀子さま、「編集工房ノア」の涸沢純平さまには、迷子になりそうになっていた私を忍耐強く導いてくださいました。心からお礼申し上げます。

今野奈津子

二〇二三年十二月

初出誌

「ジャック　アンド　ベティ」「飢餓祭」45号　二〇一九年八月
「ピカソの女」(「どんぶり屋」改題)「とぽす」53号　二〇一三年一月
「あいつ」「飢餓祭」50号　二〇二三年五月
「金魚」「飢餓祭」47号　二〇二一年二月
「黒電話のある部屋」「飢餓祭」51号　二〇二四年一月
「卓球をする」(「スローライフに乾杯」改題)「とぽす」58号　二〇一五年八月
「ペーターさんの手紙」「飢餓祭」46号　二〇二〇年五月
「三一五号室の十三夜」(「時のなかに」「一二三〇号室」改題)
「飢餓祭」48号　二〇二一年一二月
「ミルクココアの家」(「色探し」改題)「飢餓祭」49号　二〇二二年九月

今野奈津子（こんのなつこ）
1942年　大阪生まれ　岡山に育つ
1967年　立命館大学大学院英米文学専攻修士課程修了
1982年　評伝『エミリ・ディキンスン　愛と死の殉教者』（創元社）　岩田典子著
1983年　詩集『ジャック　アンド　ベティ』（書肆季節社）　岩田典子著
1990年　「時のなかに」第１回日本海文学大賞奨励賞受賞
1993年　「時のなかに」第４回小島輝正文学賞佳作受賞
1997年　評釈『エミリ・ディキンスンを読む』（思潮社）　岩田典子著
2005年　評伝『エミリー・ディキンソン　わたしは可能性に住んでいる』（開文社）　岩田典子著
2014年　「色にさわる」第８回神戸エルマール文学賞佳作受賞
2019年　「飢餓祭」同人に参加

ミルクココアの家
二〇二四年三月一日発行
著　者　今野奈津子
発行者　涸沢純平
発行所　株式会社編集工房ノア
〒五三一―〇〇七一
大阪市北区中津三―一七―五
電話〇六（六三七三）三六四一
ＦＡＸ〇六（六三七三）三六四二
振替〇〇九四〇―七―三〇六四五七
組版　株式会社四国写研
印刷製本　亜細亜印刷株式会社

ISBN978-4-89271-378-1